CW00796181

SOÑANDO CON MOLLY

LORI BEASLEY BRADLEY

Traducido por

ALINA ROCÍO TISSERA

Publicado 2020 por Next Chapter

1

Sherri Lambert se despertó de otro sueño espantoso protagonizado por la rubia que lucía el vestido azul con cuentas. Empujó las sábanas, se sentó, y frotó sus arenosos ojos. El sol de la mañana se colaba entre las cortinas de encaje de la ventana de su habitación. Se movían con la suave brisa que a la vez traía el perfume de la madreselva de los setos cercanos.

Sherri escuchó el canto de un gallo de la granja que se encontraba calle abajo y giró su cabeza en dirección a la ventana abierta. Suspiró y pasó sus dedos por sus enredados rizos rojos.

Supongo que es hora de poner mi perezoso trasero en movimiento. Si no termino los últimos capítulos, mi editor enviará un equipo de asesinos a por mí.

Sherri, quien había escrito novelas románticas bajo el seudónimo «Whiskey Treat», le había dado los toques finales a su última entrega de la trilogía de *Westerns* que trataba sobre una maestra de escuela y sus aventuras románticas en el Viejo Oeste.

Había escrito la primera novela de la serie cuatro años atrás y había tenido la suerte de contratar a un agente bastante persuasivo que firmó contrato con una importante editorial de novelas de romance ubicada en Nueva York.

Sherri prefería escribir ficción histórica sin el enfoque romántico y sentimental, pero su agente la convenció de que modificara su historia original para convertirla en un romance de «felices por siempre» y con eso había ganado algunos premios. El agente había conseguido un contrato muy lucrativo para Sherri y había escogido un seudónimo más jugoso. Le había insistido que Sherri Lambert parecía un nombre demasiado aburrido como para ser de una autora de romances eróticos.

Así nació *Whiskey Treat*. Sherri pensó que era un seudónimo demasiado cursi; sin embargo, aceptó la propuesta de su agente. Había aprendido hacía mucho tiempo que discutir con agentes y editores era totalmente inútil.

Los personajes femeninos principales de *Whiskey Treat* solían ser rubias bonitas y de baja estatura que vestían de azul brillante. Eso se debía a que, desde que Sherri tiene memoria, sueña con una rubia guapa de ojos azules usando un vestido de cuentas de color azul brillante. El vestido de la chica no era de la época del lejano oeste, pero Sherri lo adaptó.

Sherri podía cerrar los ojos y ver a la niña como si fuera una vieja amiga o alguna pariente cercana. Sherri no tenía idea de quién era la chica y pensó que podría ser un producto de su imaginación causado por las viejas películas que veía con su abuela, ya que tenía un parecido sorprendente con la actriz Carol Lombard.

Sherri levantó sus piernas largas y desnudas de la cama y dejó caer sus pies sobre la gruesa alfombra del piso del dormitorio. Todavía recordaba cuando sus abuelos pusieron la alfombra a mediados de los setenta mientras Sherri seguía estudiando en la Escuela Secundaria de Barrett. La alfombra color dorado trigo se había desteñido hasta llegar a un color más opaco y estaba llena de pelusas, debido a los años de desgaste y el polvo de su pequeña granja. La abuela había estado tan emocionada de tenerla. Sherri todavía podía recordar la inmensa sonrisa de la mujer mientras acomodaba sus muebles. Ahora la alfombra se sentía vieja y rígida bajo sus pies.

No la extrañaré. Espero que los pisos de madera aún estén en buen estado.

Emmett y Brenda Lambert habían muerto en un accidente automovilístico el año anterior en la tarde de un domingo mientras viajaban a la ciudad para visitar el restaurante Dairy Queen. Habían llegado a la cima de la colina cuando se toparon con una cosechadora que venía por el medio de la carretera.

El médico forense del condado le dijo a Sherri que la pareja de ochenta años de edad probablemente había muerto en el acto y que no había sufrido. Había cerrado los ojos muchas veces e imaginado a su abuelo frenando a fondo con su viejo sedán Ford y a su abuela aferrándose al tablero con sus manos y gritando mientras avanzaban hacia el gran pedazo verde de maquinaria agrícola.

Sherri sabía que habían sufrido, aunque solo fuera por aquellos segundos en los que el terror seguramente fue agonizante. Los habían encontrado en los escombros tomados de las manos.

Luego del angustioso funeral, Sherri había regresado a Palm Springs, había acordado vender su condominio con un agente de bienes raíces, empacado sus cosas, y conducido un camión de mudanza con sus muebles y pertenencias para instalarse en la vieja casa de campo de un solo piso, donde había pasado tantos veranos felices de niña y también durante sus años de adolescencia.

Ella y sus padres habían vivido en un suburbio de Chicago. Sherry transcurrió sus recesos escolares junto a los padres de su papá en la granja ubicada en las afueras de Barrett. Después de que sus padres se divorciaron, cuando Sherri tenía doce años, se mudó a la granja de forma permanente y con el tiempo asistió a una secundaria en Barrett.

Luego de asistir varios años a grandes escuelas suburbanas, a Sherri le fue difícil adaptarse a la escuela rural más pequeña. En Wheaton, había estudiado con un programa de estudios avanzados para estudiantes superdotados.

En la pequeña escuela a las afueras de Barrett, sus logros académicos solo sirvieron para que los otros estudiantes la ridiculizaran, y pasó mucho tiempo llorando en el baño después de que la llamaran la «mascota del maestro» o la «sabelotodo de Chicago».

Sus abuelos no entendían su depresión o su «actuación», como ellos lo llamaban, cuando entró en la escuela secundaria. Había experimentado con el sexo, las drogas y el alcohol.

Eran los setenta, por el amor de Dios. Todos lo hacían. Fue la generación de «no lo rechaces antes de probarlo» y pensé que tenía que experimentarlo todo.

La secundaria había sido una lucha para Sherri en lo social. Nunca sintió que encajaba en ningún grupo. Ella era una niña inteligente, pero los niños inteligentes no eran populares, y Sherri quería desesperadamente ser uno de ellos. Ella tenía amigos en ese grupo, pero no eran amigos íntimos.

Sherri vivía en el campo y se había graduado de una escuela primaria rural. Quería ser aceptada por los pueblerinos de Barrett, pero nunca lo fue. La mayoría de los del grupo de los engreídos y de los chicos ricos del pueblo habían hecho de su vida un infierno.

Una de sus primeras novelas era un relato catártico de aquellos horribles días. La historia estaba ambientada en un pequeño pueblo de Colorado llamado Esperanza y tituló a la novela *Esperanza perdida*.

Había sido una de esas cosas que hace una escritora para superar el pasado. *Esperanza perdida* era una catarsis y el comienzo a tientas de la carrera de Sherri como escritora.

El libro se publicó por cuenta propia y se vendieron algunos ejemplares. No fue hasta que Sherri cambió su seudónimo por *Whiskey Treat* y republicó el libro, usando ese nombre, que comenzó a venderse. Las librerías agregaron sus libros autopublicados a sus estanterías y las ventas de *Esperanza perdida* incrementaron.

Deja de revolcarte en el pasado, Lambert, y levántate de una vez. Tienes trabajo que hacer o no habrá más libros en las estanterías.

Sherri entró en la cocina arrastrando los pies y comenzó a hablar con el señor Café. Había visto los anuncios de esas ingeniosas máquinas de café que llenaban solo una taza en la televisión nocturna, pero ella prefería hacer una cafetera llena y luego rellenar su taza, en lugar de comprar esas tacitas de plástico tan caras y tener que usar una cada vez que quisiera una nueva taza de café por las mañanas o mientras escribía.

Miró alrededor de la anticuada cocina y suspiró.

Este lugar necesita una remodelación mucho más grande que la que necesito yo.

En la mesa redonda de roble había un montón de catálogos y revistas de decoración de interiores. Sherri hojeó y luego dobló las esquinas de algunas páginas que mostraban cosas que le interesaban para la renovación de la antigua casa.

Después de mudarse a la vieja granja, Sherri había estado metiendo algunas cosas en el armario y por casualidad notó un pedazo suelto de un panel. Cuando se asomó detrás, encontró, para su asombro, una pared áspera hecha con troncos. Salió corriendo a la calle y arrancó algunos trozos del revestimiento de tejas marrón y encontró más troncos apilados con una argamasa de algún tipo. La antigua granja había sido originalmente una cabaña de troncos.

Sherri trato de pensar, pero no podía recordar si alguna vez sus abuelos le contaron sobre la casa o incluso en qué año se mudaron. Sabía que su padre había nacido allí y que fue a finales de los años treinta, pero pensaba que se habían mudado aquí desde Oklahoma antes de la Gran Depresión y La Gran Tormenta de Polvo que devastó el estado.

Sus abuelos siempre fueron muy esquivos sobre su pasado y después de haber sido ignorada varias veces, Sherri simplemente dejó de preguntar sobre la casa y la historia familiar.

Tal vez teníamos bandidos o gánsteres en nuestro pasado y no lo querían admitir. O tal vez había cuatreros o miembros de la Pandilla James o de la familia Lambert. Necesito hacer una de esas investigaciones de antepasados para averiguarlo. Quién sabe, puede que haya un libro por aquí en alguna parte.

Hacer un viaje a Barrett para investigar la propiedad estuvo en la lista de sus asuntos pendientes y quería cumplirlo en un futuro no muy lejano. Había decidido destruir el interior de la vieja casa y devolverla a su estado original como cabaña de troncos.

Programó una cita con una empresa especializada en la renovación histórica de cabañas, y esperaba con ansias la visita de uno de sus representantes mañana. Tenía los catálogos y las revistas a mano para mostrarle sus ideas.

Mientras esperaba a que se preparara el café, fue al anticuado baño para hacer sus necesidades. Echó un vistazo a los muebles amurados de porcelana color rosa y a los azulejos cuadrados de diez centímetros que hacían juego en la pared junto con la hilera de azulejos negros en la parte superior. Puso una mueca de asco.

Sin duda me alegrará mucho ver desaparecer toda esta mierda. No me importa si la cosa retro de I Love Lucy está de moda hoy en día. Odio esa moda.

Sherri abrió la ducha y se sacó el albornoz con un movimiento de hombros. Mientras el vapor se elevaba hasta los azulejos amarillentos del techo, suspiró con los recuerdos de sus queridos abuelos. Ambos habían sido fumadores empedernidos y todos los techos conservaban los restos amarillentos de décadas de humo de cigarrillo.

Sherri se secó una lágrima de la mejilla y entró en la bañera. Se relajó bajo el chorro de agua caliente, se echó un champú en el pelo y lo masajeó hasta que se formó espuma. Una ducha caliente por la mañana es uno de los pocos placeres más simples de la vida. Se enjuagó el champú del pelo y se aplicó un poco de acondicionador con aroma a coco. Después de enjuagarlo, Sherri se ocupó de su cuerpo con un paño jabonoso.

Mientras se lavaba la cara, notó una parte sensible en su mejilla y frunció el ceño, recordando el sueño de la noche anterior.

Su rubia bonita estuvo discutiendo con alguien. Había sido el mismo hombre ilusorio, pero Sherri no podía ver claramente su rostro, nunca lo pudo.

Recordó sus ojos enojados y oscuros mientras le gritaba a la chica rubia y echaba hacia atrás su enorme puño. Sherri recordó el golpe y también recordó los dedos ásperos alrededor de la garganta de la muchacha. La había estado asfixiando, a la rubia, y la había golpeado en la misma mejilla que ahora Sherri tenía sensible. Levantó su mano para tocar la sensible y ligeramente palpitante mejilla y frunció el ceño. Esto jamás había ocurrido en uno de sus sueños.

Cerró el agua, salió de la bañera y tomó una toalla. Se secó el cuerpo y luego se envolvió la cabeza con la gruesa y suave toalla. Luego, cogió su albornoz y deslizó de nuevo sus brazos dentro de él.

Con una mano húmeda, limpió la condensación del espejo del botiquín cromado y miró su reflejo en el vidrio humedecido.

Para su sorpresa, vio un moretón azul en su mejilla, y lo tocó suavemente con sus dedos. Mientras miraba su reflejo, se ajustó la parte delantera de su albornoz y jadeó cuando vio unas manchas púrpuras alrededor de su garganta. Parecían marcas de dedos.

¿Qué mierda...?

Sherri observó su reflejo más de cerca en el espejo lleno de rayas. Tocó las marcas con cautela y exclamó un sonido de dolor ante lo sensibles que estaban al mínimo contacto.

¿Cómo mierda me hice esto? Se tocó la mejilla dolorida. *Supongo que puede que haya dormido con mi anillo presionándome la mejilla, pero ¿cómo demonios me hice las marcas de dedos en la garganta? Estoy segura de que no me ahorqué a mí misma mientras dormía.*

Se quedó mirando al espejo, y entrecerró los ojos a medida que su vista empezaba a tornarse borrosa. Su rostro se distorsionó en el espejo húmedo y otro rostro se superpuso al suyo.

Un rizado cabello rubio y brillante que le llegaba a los hombros reemplazó su largo cabello rojo, mientras que, en vez de sus ojos verdes, otros grandes ojos redondos y azules la miraban.

Esto es demasiado raro. Me siento como si estuviera en medio de una mala película de ciencia ficción.

—No te pongas nerviosa, Muñeca —dijo la rubia—. Se desvanecerá en un día o dos y puedes cubrirlo fácilmente con maquillaje color panqueque si es que lo tienes.

Un repentino mareo se apoderó de Sherri al mover rápidamente su húmeda cabeza inspeccionando el baño para buscar a la persona que hablaba. El baño estaba vacío excepto por ella y el reflejo de la rubia en el espejo empañado.

Se sentó en el inodoro rosado antes de desmayarse para no arriesgarse a lesionarse seriamente con los macizos muebles amurados de cerámica del viejo y estrecho baño. Su corazón latía con fuerza en su pecho mientras ponía la cabeza entre las rodillas y miraba fijamente las pequeñas baldosas rosas y negras en forma de hexágono del suelo.

Juro que es todo este maldito color rosa. Podría vomitar solo con verlo. No puedo creer que la abuela haya puesto esta mierda aquí ni que el abuelo la haya dejado.

Por supuesto que lo hizo. La abuela había sido una mujer de su época y muy atenta a los deseos y necesidades del abuelo. Él nunca le había negado a su devota esposa nada de lo que ella quería.

Sherri pensaba que la relación de sus abuelos era el tipo de relación que la mayoría de las mujeres soñaba con tener. La pareja de ancianos llevaba casada sesenta y siete años cuando el accidente se los llevó, y ahora descansaban uno al lado del otro en el Cementerio Bautista del pueblo.

El matrimonio de sus padres solo había durado trece años. Sherri se había casado tres veces, pero ningún matrimonio había durado, y no tenía hijos. A menudo, pensaba que los interminables gritos y peleas de sus padres a causa de los amoríos de parte de él le habían dejado un amargo sabor de boca cuando pensaba en el matrimonio y en los cuentos de «felices para siempre».

Aunque pusiera su vida en ello, no podía descifrar cómo escribirlas. Había mucho para decir si tuviera buena imaginación.

Sin embargo, sus padres se mantuvieron en contacto. Su madre se volvió a casar, y se mudó a Georgia y había tenido otros tres hijos. Sherri los conocía, pero no demasiado. Intercambiaron tarjetas de Navidad y cada uno veía las publicaciones del otro en Facebook. Su padre se quedó en Chicago, se casó y se volvió a divorciarse. Lo había visto en el funeral de sus abuelos y en la lectura del testamento cuando Sherri heredó la propiedad.

—Este lugar debería ser mío —había protestado su padre —. ¿Ella para qué lo necesita? Vive en California y no le podría importar menos ese rancho abandonado.

—Y tú vives en Chicago —había contestado Sherri con lágrimas en los ojos—. Tata quería que yo lo tuviera.

Su padre le dirigió una mirada llena de rabia; la misma que le dirigía a su madre y que ella había visto de niña.

—Pero tú no la necesitas —gritó— y yo sí. Podría vender el maldito lugar a uno de esos estúpidos granjeros de aquí por una buena cantidad de dinero. Entiende que tengo otros hijos en los que pensar. Me gustaría tener algo para dejarles.

Sí, claro. Quieres el dinero para gastarlo en una de tus chicas. No te importan tus otros hijos al igual que nunca te importé yo.

—Es mía y me voy a mudar allí —había gruñido Sherri, tomando la decisión de dejar Palm Springs en ese mismo momento.

Desde entonces, no había hablado con su padre de setenta años y probablemente nunca lo haría de nuevo. Él había iniciado una demanda para impugnar el testamento, pero nunca llegó al juzgado.

Ojalá que uno de tus otros hijos se preocupe por enterrarte, papá.

Sherri respiró profundamente y apretó sus ojos con el objetivo de detener la repentina ola de náuseas. El olor a café llegó al baño y decidió que eso era lo que necesitaba y tal vez un *bagel* tostado. Su cena de la noche anterior había sido una taza de yogur y una lata de duraznos. Tal vez por eso había tenido pesadillas y se había ahorcado mientras dormía.

Necesito seriamente pensar en mejorar mi dieta.

Sherri entró en la cocina, tomó una taza que había robado de una Casa de Waffles en Texas y se sirvió un poco de café caliente. Dejó la taza sobre la mesa y puso una dona con cobertura en la tostadora. Pronto el sabroso aroma a cebolla de la dona se unió al del café y Sherri se dirigió al refrigerador de acero inoxidable de dos puertas y sacó la mantequera.

2

Mientras Sherri se sentaba y untaba con mantequilla su *bagel* caliente, su teléfono celular sonó cuando le llegó un mensaje de texto. Se limpió las manos en su bata y fue a la sala para tomar el teléfono que estaba sobre la mesa de centro con la pantalla encendida. El mensaje de texto era de Renovaciones Realistas.

RR: Nuestro técnico se encuentra disponible esta tarde para su consulta. ¿Le resulta conveniente adelantar su cita?

SL: Por supuesto, hoy voy a estar en casa todo el día. Solo avíseme la hora en la que vendrá.

RR: Llegará a su ubicación entre las doce y media y la una. Disculpe por cualquier inconveniente que este cambio de horario pueda haberle causado.

Después de tomar su segunda taza de café y de comer su *bagel*, Sherri limpió rápidamente la casa. Hizo la cama, lavó los platos y metió una gran cantidad de ropa en la lavadora. Luego se puso unos pantalones vaqueros y un suéter con cuello de tortuga. Aplicó un poco de corrector sobre el moretón de su cara e hizo una mueca de dolor.

Todavía no puedo imaginarme lo que pude haber hecho en mi sueño para causar eso, pero parece que hubiera estado en una maldita pelea de bar.

A las once y media, Sherri abrió su computadora portátil y revisó su correo electrónico.

Como había estado temiendo, había una breve nota de su editor, preguntándole cuándo podría enviar el próximo y último manuscrito de la serie. Querían que entrara en circulación para la próxima temporada de fiestas.

También mencionó que había estado en contacto con el agente de Sherri para conversar sobre qué esperar para más adelante. ¿Estaba pensando en otra serie? ¿Sería histórica o contemporánea?

Bueno, es una gran noticia saber que quieren más. Supongo que será mejor que me ponga a trabajar y termine con esta.

Sherri contestó que le faltaban las últimas correcciones de los tres capítulos finales. En realidad, estos últimos todavía estaban en su cabeza, pero ella sabía que pasarían del cerebro a la computadora portátil bastante rápido. Eran solo unas setenta y cinco a diez mil palabras y si se lo proponía, terminaría en dos o tres días de trabajo duro.

Cerró su correo electrónico y abrió Facebook donde publicó su tristeza por el final de su serie y se despidió de sus amados personajes. La saga le había llevado cuatro años de su vida y sus personajes habituales eran como viejos amigos en la mente de Sherri. Odiaba tener que decirles adiós. Tal vez escribiría algunas otras novelas relacionadas con los personajes. A sus admiradores les encantaría, y ella podría regalarlas en las firmas de libros.

Estaba releyendo su bosquejo de los últimos capítulos cuando escuchó un vehículo en el camino de grava. Sherri echó un vistazo a su portátil para ver la hora. Eran las doce y cincuenta. Guardo los cambios del documento, apagó la computadora y la cerró.

Cuando escuchó unas pisadas en el viejo porche, apoyó la portátil en el amplio brazo del sofá y se levantó. Alguien tocó la puerta y ella fue hacia allí. Abrió la vieja puerta combada y se encontró con un hombre alto y de complexión robusta de unos cincuenta años parado en el porche. Le parecía familiar, pero no supo por qué.

Debería conocer a este tipo. Parece de mi edad.

El parche cosido sobre el bolsillo izquierdo de su pecho decía DR y la frase Renovaciones Realistas estaba bordada en letras rojas alrededor del parche blanco.

Él miró su libreta mientras Sherri abría la puerta.

—¿Señora Lambert? —preguntó con una sonrisa vacilante bajo su bigote rojizo. Unas pocas arrugas en las esquinas de sus brillantes ojos marrones eran las únicas marcas de edad en su hermoso rostro.

—En realidad es señorita —corrigió Sherri—. Adelante, por favor —dijo y mantuvo la puerta abierta para que él entrara.

Sherri adivinó que medía un metro noventa y cinco y que era muy corpulento. No tenía la barriga que sobresale del cinturón que tienen muchos hombres de cincuenta y tantos años. Su pelo marrón estaba peinado hacia atrás y recortado alrededor de las orejas y en el cuello. Al pasar junto a ella para ver la habitación, vio que sus vaqueros estaban muy bien rellenados en la parte de atrás.

Siempre me ha gustado que los hombres tengan un lindo trasero.

—¿Qué es exactamente lo que tienes en mente? —preguntó mientras se dirigía a la anticuada cocina—. ¿Sabes cuándo se construyó la casa y quién lo hizo?

—No tengo ni idea —admitió Sherri encogiéndose de hombros—. Era la casa de mis abuelos, pero creo que la compraron ya construida antes de la Depresión. Había planeado ir a la biblioteca para investigar un poco, pero aún no lo he hecho.

—Pruebe primero con la oficina de impuestos del condado —sugirió—. Tendrán mejor información sobre cuándo se construyó la casa a partir de los registros de impuestos y demás papeles. Algunos de los lugares de por aquí se construyeron antes de las Guerras Indias.

—Gracias —dijo Sherri, estudiando la cara del hombre—. Iré primero allí—.

Le parecía tan familiar, pero ella no sabía de dónde lo conocía. Tenían una edad similar. Tal vez habían ido juntos a la escuela en Barrett. Ella volvió a mirar el parche de su camisa. DR, ¿a quién conocía con esas iniciales?

Debería preguntar. Me volveré loca hasta que lo averigüe.

—Renovaciones Realistas hace principalmente renovaciones históricas de cabañas de troncos y casas victorianas, pero estoy seguro de que podemos actualizar el lugar para usted —le explicó mientras estudiaba el marco de la puerta entre la cocina y el pequeño segundo dormitorio lleno de cajas con cosas de su condominio de California que ella aún tenía que desempacar.

—Lo sé —dijo Sherri—. Es por eso que los llamé. Sígueme.

Lo condujo de vuelta a través de la sala de estar y hacia el porche, donde levantó un trozo del viejo revestimiento de tejas para dejar al descubierto los troncos resquebrajados que había debajo.

—Encontré esto luego de mudarme de nuevo aquí después de la muerte de mis abuelos. Las paredes interiores del dormitorio también son así, pero están cubiertas con ese horrible panel. Me imagino que es lo mismo en la sala —dijo con el ceño fruncido y la nariz arrugada.

—Dios mío —exclamó con una sonrisa en su hermosa y bronceada cara, y luego volvió a entrar para estudiar la pared donde estaba el calefactor a gas.

Dio unos golpecitos en el panel varias veces. Su sonrisa se agrandó y Sherri pudo ver los parejos dientes blancos de su boca. DR regresó afuera, caminó por el porche y se dirigió al lado exterior de esa misma pared.

Sherri lo vio agarrar un pedazo del panel y comenzar a levantarlo.

—¿Le importa? —preguntó, sin esperar una respuesta y despegó el viejo revestimiento. —Eso es lo que pensé —murmuró y arrojó el trozo de revestimiento al césped y luego arrancó otro para revelar un marco de madera alrededor de una vieja chimenea construida con la arenisca local de color rojo y dorado. —Tiene usted una bonita chimenea detrás de ese calefactor a gas, señora —dijo con una amplia sonrisa en su rostro.

—¿De verdad? —preguntó sorprendida—Viví aquí con mis abuelos durante años y nunca supe que estaba allí. Ni siquiera sé si ellos sabían que estaba allí.

Tenían que saberlo. Hicieron que se pusieran esos horribles paneles a finales de los sesenta.

—Tal vez no —dijo DR encogiéndose de hombros—. Toda esta área se pobló a principios del siglo XIX por familias de Las Carolinas. Siguieron los ríos hasta llegar aquí y se asentaron debido a las ricas tierras de cultivo y a todos los bosques. Los indios fueron expulsados del área después de La Guerra de Halcón Negro en 1838.

Se pasó la mano por el cabello y sonrió.

Debería haberlo sabido.

—Hemos remodelado varias de estas viejas cabañas dobles en los últimos años.

Sherri lo siguió, admirando su trasero, mientras él caminaba por la parte trasera de la casa.

—Mira —dijo mientras señalaba la línea del tejado con su dedo—. Esta sección fue agregada como un cobertizo para hacer que estos dos dormitorios queden en la parte trasera de la cabaña original. Las paredes entre las áreas de estar y los dormitorios son probablemente de troncos y fueron enyesadas a finales del siglo.

Dio un largo respiro antes de continuar al mismo tiempo que caminaban alrededor y dentro del lavadero ubicado fuera de la cocina.

—Espero que dentro solo hayan puesto tablas sobre la chimenea y que no hayan enyesado las piedras y llenado el hogar. En caso de que lo hayan hecho, requerirá mucho trabajo de limpieza.

DR hizo un gesto hacia el otro extremo de la casa con su grande mano bronceada.

—En esa abertura entre la cocina y el dormitorio más pequeño debe haber habido una chimenea con un hogar abierto a ambos lados. Un lado se habría usado para cocinar las comidas en la cocina y el otro para calentar los dormitorios de la parte de atrás. A esa chimenea probablemente la sacaron a finales del siglo pasado cuando la gente empezó a usar estufas de hierro en lugar de chimeneas abiertas.

Parece conocer de historia y es muy seguro de sí mismo. Es un poco engreído, pero estoy disfrutando de la lección de historia.

—Sé que el baño fuera de la cocina fue construido cerrando ese extremo del porche —dijo Sherri y señaló la puerta al otro lado de la gran cocina—. Recuerdo que mi abuelo se pasó un montón de tiempo bajo el suelo para arreglar un problema de fontanería una vez—, dijo con una sonrisa triste.

Salieron por la puerta trasera y dieron la vuelta a la casa llegando al frente, donde DL estudió los cimientos de piedra debajo del baño.

—Entonces, ¿qué le gustaría hacer con este lugar, señorita Lambert? Tiene mucho potencial para una renovación histórica.

—Creo que me gustaría devolverla lo más cerca posible a su estado original con las comodidades modernas para hacerla habitable, por supuesto —se rió—. No me veo viviendo sin electricidad o sin cañerías —bromeó Sherri con una sonrisa y un ligero encogimiento de hombros mientras él se reía junto con ella.

Tiene una sonrisa tan bonita y su risa me resulta tan familiar. Estoy segura de que conozco a este hombre.

—¿Cuál ha sido tu experiencia con estas cosas? —preguntó ella.

—¿Quieres mi opinión personal, o el discurso de la compañía? —preguntó con una sonrisa y una ceja levantada.

—Tu opinión, por favor —dijo Sherri mientras se agachaba y sacaba un diente de león del campo lleno de amapolas marchitas que estaba contra los cimientos—. Pareces estar muy bien informado. Agradezco que me cuentes toda la historia. Puedo darme cuenta de que disfrutas el trabajo.

—Gracias —dijo con una sonrisa avergonzada. Se volvió hacia la casa y la señaló con el dedo. —Bueno, lo primero que querrás hacer es desnudarla hasta los huesos; deshacerte de la alfombra, de los paneles y de todos los muebles amurados, ventanas y puertas modernas. Ahora las hacen energéticamente eficientes y que se parecen a las de esa época.

Puso su mano sobre el viejo revestimiento y sonrió.

—Necesitaremos arrancar todo ese marco alrededor de la chimenea y limpiarlo también. Querrá tener la salida de humos limpia y hacer que todo funcione correctamente de nuevo si planea usarla —explicó— y debería hacerlo. Probablemente solo hayan tapiado el hogar, así que no será un arreglo difícil, pero tendremos que arreglar el lugar donde hicieron el agujero para el escape del calefactor a gas.

Sherri asintió.

—Eso suena bien. Tengo algunas revistas y catálogos en la cocina con algunas ideas. ¿Te gustaría tomar un café y echarles un vistazo?

¿Quién mierda es este tipo? Me resulta tan familiar.

—Claro —dijo y siguió a Sherri hasta la cocina donde tomó asiento y comenzó a hojear las revistas, deteniéndose en las páginas que ella había marcado. Sherri lo vio asintiendo con la cabeza mientras estudiaba las páginas después de ponerse un par de gafas de lectura de carey.

Le dan un estilo muy distinguido.

Sherri encendió la cafetera, sacó un paquete de galletas con nueces y las colocó en un plato.

—Tienes buenas ideas aquí —le dijo y miró al techo—. ¿Qué quieres hacer con el techo?

Sherri encogió sus hombros.

—Sé que esto probablemente esté lleno de aislante. ¿Crees que deberíamos quitarlo todo y abrirlo?

—Podemos hacer eso —dijo con una sonrisa—. Podemos usar paneles aislantes en el techo exterior y luego poner machimbre y pintarlos para que combinen con los troncos.

—¿Entonces recomiendas dejar las paredes de tronco y no ponerles aislante?

—No tiene mucho sentido tener una casa de troncos si no puedes ver los troncos —dijo y guiño un ojo—. Deberías lijarlos, por supuesto, parchear todas las grietas, y luego teñirlos si no te gusta el color. Puedes usar paneles de yeso en las paredes interiores, pero yo dejaría las paredes exteriores naturales con los troncos a la vista.

Respiró hondo mientras Sherri llenaba su taza de café.

—No voy a mentirle, señora. Estas renovaciones son costosas. Hay mucha mano de obra involucrada.

—Me lo esperaba —admitió Sherri—. Tengo algunos fondos reservados para el proyecto. Vendí mi condominio en Palm Springs y obtuve algo de dinero con eso.

—No puedo imaginarme por qué querrías dejar un lugar como Palm Springs para mudarte aquí —dijo con una sonrisa llena de asco—. ¿No extrañarás la civilización de verdad?

—Obviamente nunca has estado en Palm Springs en agosto —dijo Sherri, puso los ojos en blanco y sonrió—. Es como el nivel más bajo del infierno de Dante.

Él soltó una risa.

—Volé allí una vez —dijo— pero para ir al área del Valle de Yucca por un proyecto.

—Yucca es agradable en el verano, pero está a unos mil doscientos metros sobre el nivel del mar. Palm Springs está casi al nivel del mar y en un hueco. Es demasiado caliente y seco. Si no te importan los tonos marrones —dijo Sherri, sacudiendo la cabeza— está bien, pero echaba de menos el verde y los cambios de estación. Allí las estaciones son «cálido», «caliente» e «incluso más caliente».

—Supongo que tienes razón —suspiró—pero creo que haría cualquier cosa para salir de aquí otra vez y si lo hiciera, desde luego no querría volver.

¿Quién eres?

—¿Eres de aquí o eres un trasplantado? —preguntó y examinó su cara familiar una vez más.

—Nacido y criado —suspiró—. Me fui por un tiempo a la universidad en Tennessee y conocí a mi esposa allí —dijo con tristeza— pero no funcionó y volví para cuidar a mi mamá cuando se enfermó. ¿Y tú?

Casado, pero divorciado. Me pregunto si se habrá casado de nuevo...

—Me mudé de esta zona durante casi treinta años —le dijo — pero decidí volver después de que mis abuelos murieron y me dejaron este lugar.

—¿Nunca te casaste?

Sherri sonrió y dio un bufido divertido.

—Tres veces, pero nunca funcionó. No creo que el cuentito de «felices por siempre» fuera hecho para mí. Comencé a usar mi nombre de soltera después de mi primer divorcio y nunca más lo cambié. No soy muy optimista, supongo.

Él se rio con nerviosismo, levantó su libreta y empezó a tomar notas.

—Veo que tiene muebles de baño de estilo victoriano marcados en sus libros. ¿Es eso lo que tienes en mente?

—¿Has visto ese desastre color chicle que hay ahí dentro? —preguntó Sherri y dirigió su cabeza hacia la puerta del baño —. Es un maldito desastre.

Él se rio y levantó una ceja.

—Si nos deja retirar los azulejos y los muebles amurados para limpiarlos, le ofreceremos un buen intercambio por aquello con lo que quiera reemplazarlos.

—¿Hablas en serio? —preguntó Sherri incrédula—. ¿Realmente quieres esa horrible mierda?

DR puso los ojos en blanco.

—El estilo moderno de mediados de siglo está de moda en este momento, y tienes de todo ahí si podemos sacarlo sin estropearlo. Incluso tienes el suelo a juego y parece estar en muy buenas condiciones, sin baldosas rotas o astilladas.

—Sí —suspiró Sherri con tristeza—. La abuela amaba su feo baño rosado y lo cuidaba bien. Creo que lo pusieron todo cuando mi madre estaba embarazada de mí a finales del 57 o principios del 58. Ya sabes, la era de «Yo amo a Lucy». Vio a DR sonreír y darle una mirada extraña antes de volver a su libreta.

Sacó un par de papeles de su libreta y se los entregó antes de ponerse de pie.

—Aquí hay algunas cifras aproximadas de los costos de mano de obra para hacer el trabajo básico de desmantelamiento. Tendremos cifras más concretas una vez que sepamos lo que tenemos bajo el revestimiento, los paneles y la alfombra—. Extendió su mano con el papel y Sherri lo tomó.

—Échale un vistazo y llámanos para decirnos cuándo te gustaría empezar—. Tomó lo que quedaba de su taza de café y se volvió hacia la puerta.

Se ve bien alejándose en esos pantalones, sin duda.

Sherri lo siguió y lo vio subir a su camioneta. Cuando él se fue de la entrada de la casa, miró los papeles por primera vez. Al final de la página vio una firma. Dylan Roberts.

Oh, Dios mío, ¿el maldito Dilly Roberts? ¿El más guapo de nuestra clase en el instituto y el más idiota del grupo de "Los engreídos"? Su padre era un famoso abogado de Barrett y él era uno de esos privilegiados de la escuela que no le hubiera dado ni una oportunidad a una chica de campo de bajos ingresos como yo. Probablemente ni siquiera reconoció mi nombre, y mucho menos mi cara.

Exasperada, Sherri arrojó los papeles sobre la mesa y comenzó a limpiar las tazas de café.

Sabía que debería haberlo reconocido. Se sentó a mi lado en la clase de inglés de segundo año y me copió durante todo el año. Incluso escribí una docena de trabajos para él. Qué imbécil.

3

Dylan se acomodó en su asiento mientras conducía por el irregular camino de grava hasta ingresar en la ruta asfaltada que lo llevaría de vuelta a Barrett después de unos pocos kilómetros.

Vaya, Sherri Lambert. Me preguntaba qué había sido de ella después de la secundaria. Sabía que vivía en algún lugar de los alrededores, pero quién iba a pensar que sería en esa casa. ¿Por qué tenía que ser justo esa maldita casa?

Su teléfono sonó, miró hacia abajo y vio que era el número de la oficina. —DR— contestó.

—Hola, Dilly—, saludó su hermano Bob. Bob y su madre eran las únicas personas que permitía que lo llamaran Dilly. Ya había superado la maldad infantil del Dylan de la escuela secundaria y después de que regresó a Barrett, insistió en que la gente lo llamara DR, o sino Dylan.

—¿Qué pasa, Bobby? —Dylan usaba la versión infantil del nombre de su hermano para recordarle que a él no le gustaba que usara Dilly en la oficina delante de los demás empleados.

—¿Fuiste a la consulta con Lambert? Cuando le hablé de la consulta, sonaba emocionada por una renovación completa de su casa. ¿Va a ser una buena ganancia para nosotros?

Por supuesto que fui a la consulta, idiota. Nunca falto a las consultas.

Bob Roberts dirigía la oficina de Renovaciones Realistas, mientras que Dylan se encargaba del trabajo pesado y de la gestión de las cuadrillas. Bob tenía un máster en administración de empresas y Dylan un título de grado en ingeniería industrial con una especialización en historia. Los dos hermanos eran el complemento perfecto para formar su negocio.

—Sí —le dijo Dylan a su hermano—. Recién salgo de allí y creo que conseguiremos el proyecto. Le di algunas cifras para que las consulte con la almohada, y la llamaré de nuevo en un día o dos para ver qué quiere hacer.

—Genial —dijo Bob—. Nos vendría bien otro buen proyecto y este está cerca de casa, así que no tendremos gastos de viaje. Déjame ver tus cuentas cuando vuelvas a la oficina, y escribiré los contratos, así los tienes contigo la próxima vez que te reúnas con ella.

Hubo una larga pausa y Dylan escuchó a su hermano revolviendo papeles.

—¿Era la Sherri Lambert con la que fuimos a la escuela?

Dylan puso los ojos en blanco, sabiendo hacia dónde se dirigía la mente de su hermano; hacia donde siempre iba.

—Sí, era ella.

Su hermano soltó una risa.

—¿Conseguiste un poco mientras estuviste allí, hermano? Sherri solía ser de las que abrían las piernas rápido, según recuerdo.

—No seas tonto, Bob. Ya no estamos en la secundaria.

—Un leopardo no cambia sus manchas, hermano, ¿o acaso es un puma ahora? —dijo Bob con una risa lasciva—. Si juegas bien tus cartas, podrías saborear un poco de eso durante tus descansos para comer, pero ten cuidado con los otros chicos. No vamos a pagarles mientras estén haciendo fila para acostarse con ella. ¿Sigue siendo atractiva?

Los comentarios lascivos de su hermano asquearon a Dylan y estuvo a punto de cortar la llamada.

—No todo el mundo es como tú. Lo único en lo que piensas es en sexo, Bobby —le recriminó Dylan—. Si quieres este proyecto, será mejor que le muestres un poco de respeto. Quiere una renovación completa y podría ser un excelente ingreso para la compañía—. Dylan no esperó que su hermano respondiera y cortó.

Qué imbécil. Hay veces que no puedo creer que hayamos salido del mismo útero.

Dylan llegó a la ciudad pensando en la secundaria y en su vida hace cuarenta años. La canción *Glory Days* empezó a sonar en la radio y Dylan le dio un golpe seco al botón de apagado en el tablero de mandos. La época de la secundaria había sido sin duda los días de gloria de Dylan Roberts. Era uno de los titulares del equipo de baloncesto, y ayudó a que el equipo de la secundaria de Barrett llegara a competir con el equipo estatal mientras estaba en la preparatoria y durante sus últimos años de secundaria.

Su rendimiento académico había sido bueno, aunque los profesores sabían que tenía que tener buenas notas para permanecer en el equipo y Dylan sabía que algunos le regalaron calificaciones que probablemente no mereció. Salió con las porristas más guapas y fue el rey del baile de bienvenida dos veces.

Con la ayuda de su entrenador, Dylan ganó una beca de baloncesto para estudiar en el estado de Tennessee, pero en un accidente en la cancha durante una práctica de pretemporada se reventó la rodilla antes de que tuviera la oportunidad de jugar su primer partido universitario, lo que terminó abruptamente su carrera de baloncesto.

Sin embargo, la escuela respetó la beca durante el primer año y su padre, junto con los préstamos estudiantiles, pagó su matrícula durante los tres años siguientes y así, Dylan logró estudiar en una buena escuela.

Hubo muchas fiestas de fraternidad en la universidad, pero Dylan no disfrutó de la misma fama que había tenido en la escuela secundaria. Las porristas de la universidad no le daban ni la hora y, a diferencia de la escuela secundaria, los profesores de la Universidad Estatal de Tennessee esperaban que se ganara sus calificaciones. Aunque fue difícil, la experiencia le abrió los ojos y con trabajo y mucho estudio, Dylan había obtenido un título e incluso entró en un programa de posgrado en ingeniería.

Empezó a salir con una chica de una adinerada familia de una plantación de Mississippi que conoció en una fiesta de la fraternidad, y se casaron muy pronto después de graduarse porque Tammy estaba embarazada. El padre de ella pensó que Dylan, el hijo de un abogado de un pequeño pueblo, no se merecía a Tammy y por eso, no les hizo fácil su matrimonio de siete años.

Tammy dio a luz a una hija a la que llamaron Carla Jean y, después de soportar un difícil embarazo, se negó a volver a pasar por lo mismo. Presionó a Dylan para que se hiciera una vasectomía que él no quería. Luego tuvo que soportar años de burlas de su propio padre por no poder crear un hijo varón que llevara el nombre de la familia Roberts.

Después de siete turbulentos años, él y Tammy se divorciaron. Carla Jean, la luz de su vida, se quedó con su madre y sus abuelos en la plantación, y Dylan se mudó a un par de ciudades diferentes antes de regresar a Barrett para ayudar a su madre enferma.

Sin embargo, la vida en Barrett no era lo que Dylan recordaba. Sus compañeros de la escuela secundaria se fueron a la universidad o se mudaron con sus esposas e hijos. Las porristas ya se habían casado o mudado. Anduvo con algunas pero no encontró nada que tuviera sentido.

El regreso a Barrett había sido deprimente hasta que su hermano Bobby regresó a la ciudad después de divorciarse y su madre se enfermó de cáncer de mama. Su padre había comenzado a sufrir demencia y tuvo que ser hospitalizado. Los hermanos sabían que tendrían que asumir la responsabilidad de cuidar a su madre enferma y se mudaron a la casa de su infancia.

Vivir en casa con mamá no es exactamente una vida tranquila y llena de amor.

Una tarde, mientras estaban sentados con su madre, viendo un programa de renovaciones para el hogar, nació la idea de hacer Renovaciones Realistas. Su primer proyecto fue la casa de su madre, de estilo Craftsman, construida en la década de 1930. El proyecto salió bien y Bobby acordó una sesión de fotos con los periódicos locales.

Aprovechó la publicación de esos artículos para que coincidieran con el anuncio de la apertura de Renovaciones Realistas. Había sido un movimiento de *marketing* genial y la empresa prosperó.

Durante su primer año de trabajo, ganaron más dinero de lo que los hermanos alguna vez imaginaron y continuaron obteniendo ganancias monetarias anuales.

Si pudiera controlar un poco a Bobby, las cosas podrían estar bien, pero si no puedo, no sé qué voy a hacer.

Bobby utilizaba los medios de comunicación a su favor con grandes tiradas en los periódicos mostrando sus últimas remodelaciones decoradas para las fiestas según cómo hubieran estado ornamentadas en la época en que las casas fueron construidas. La salud de su madre mejoró y su negocio floreció. La vida era buena, aunque Dylan no podía evitar sentir que algo faltaba.

A Dylan le encantó la historia y estaba ansioso por alejarse de las casas estilo Victorianas y Craftsmans y comenzar a renovar cabañas de troncos como la de Sherri. Viajó a Texas y a otros estados del oeste para examinar las casas de troncos renovadas. El negocio lo había distraído de su triste vida personal, pero luego, al encontrarse con Sherri Lambert en un trabajo, todo se le volvió en su contra.

Todavía es muy atractiva, y todavía me hace reír. Olvidé cómo siempre me hacía reír. Ella es mayor, claro, ¿pero no lo somos todos? Debería invitarla a salir. Diablos, tengo casi sesenta años y no he tenido una cita en décadas. ¿Qué haríamos en una maldita cita? Barrett no es exactamente un buen destino para citas apasionantes. Ya ni siquiera hay un maldito cine en toda la ciudad. ¿Cena y unas copas en Applebee's? ¿Tomar unas copas y llevarla a casa para que se divierta un poco en su habitación?

Diablos, ni siquiera sé si mi maldito plan funcionaría con una mujer de verdad. En estos días, solo lo uso cuando me autosirvo en la ducha.

La mente de Dylan viajó a la secundaria otra vez. Sherri Lambert había estado en algunas clases con él. Recordaba que era inteligente. Algunas veces le dejaba copiar su tarea y hasta le escribió uno o dos ensayos.

Siempre pensó que Sherri era agradable y que tenía un gran sentido del humor, pero nunca consideró salir con ella en ese entonces. Era una chica de campo, no era una lugareña ni estaba entre la gente adecuada como para que él se viera bien.

Dylan recordó que un día, una de sus novias porristas se burló del vestido de Sherri porque obviamente lo habían confeccionado en su casa. Él también se había reído, y al recordar la mirada de dolor en la cara de la joven Sherri, Dylan se avergonzó de repente de sus actitudes de joven.

Era un imbécil. ¿Por qué no la invité a salir en ese entonces? ¿Porque era del campo y se revolcaba un poco? Si mal no recuerdo, todos nos revolcábamos tanto como podíamos en ese entonces. Diablos, recuerdo que mamá llamó a Bobby un maldito mujeriego después de que se enfermó por segunda vez de gonorrea durante sus primeros años de secundaria.

Dylan se estacionó frente a su pequeña oficina alquilada, sacó de su libreta la hoja con los costos que había garabateado para el proyecto de Sherri y se bajó de su camioneta.

Bobby estaba al teléfono cuando entró a la oficina pero cortó la llamada cuando vio a Dylan.

—¿Esas son las cifras por el trabajo de Lambert?

Dylan arrojó los papeles en el desordenado escritorio de Bobby.

—Sip. Quiere una renovación completa de la cabaña de arriba a abajo. Es una pequeña cabaña de dos dormitorios con un baño, pero tiene una linda chimenea y por lo que vi, los troncos debajo del revestimiento se ven bien.

—¿Los pisos?

—Lino en la cocina y lo demás alfombra —respondió Dylan — pero se sentían firmes.

—¿Y el baño?

Dylan sonrío.

—Te va a encantar esto —dijo—. Está completamente decorado al estilo retro, en rosa y negro. El suelo está incluso cubierto de azulejos con esos pequeños hexágonos. Es precioso.

—Eso no combina muy bien con una cabaña que va a ser renovada a la época de los colonizadores.

—Lo odia y quiere que desaparezca —Dylan sonrío—. Le dije que le daríamos un buen trato.

Bobby levantó una ceja.

—No tan bueno, espero. No podemos darnos el lujo de regalar nuestra granja., hermano—. Bobby le frunció el ceño a su hermano mayor— No podemos aceptar el trabajo como intercambio. Necesitamos dinero en efectivo para sobrevivir la temporada de invierno.

Sí, y sé exactamente adónde irá el dinero en efectivo, hermano.

—Como dije antes, Bob —dijo Dylan—. Con este proyecto, la compañía pasará con facilidad el invierno, así que respeta a la dama. Ella tiene dinero en efectivo. No tendremos que lidiar con los malditos inspectores bancarios esta vez.

—Esa es una buena noticia —sonrió Bobby—. ¿Así que tiene dinero...?

Por supuesto que eso llamó tu maldita atención.

—Dijo que vendió un condominio en Palm Springs. Sonaba como si tuviera bastante dinero.

—Debe haber enganchado a un viejo rico —dijo Bobby con una sonrisa.

Dylan se encogió de hombros.

—Sabes tanto como yo, pero ella quiere que todo vuelva a ser como antes, así que piensa que hay puertas, ventanas, techo de metal y tablones aislantes en el ático.

—De acuerdo—, dijo y guiñó el ojo. —Pondré algunos números de más por si hay algún imprevisto.

4

—Vamos, muñeca Molly —dijo, su aliento olía a licor rancio— dale a papi lo que necesita esta noche.

Sintió sus dedos manoseando dolorosamente su entrepierna.

—Estoy tratando de dormir, cariño —se quejó—. Es tarde y estoy cansada. Ella intentó darse la vuelta para darle la espalda, pero él la jaló para que no lo hiciera y presionó sus hombros contra el abultado colchón.

—Dije que quiero un poco de este coño —gruñó enfadado y la miró fijamente—. Baja la mano y juega un poco con él para que se ponga duro y pueda follarte.

Él le jaló la mano derecha y la apoyó en su entrepierna desnuda, y ella comenzó a acariciar su pene flácido. Ella sabía que no serviría de nada y se quejó mentalmente. Había llegado a casa borracho, otra vez. Si ella lograba que se le pusiera duro, no duraría por mucho tiempo y él se enfadaría con ella otra vez.

—Claro, cariño —susurró ella mientras pasaba sus dedos por su pene rígido, luego por el pelo áspero y más abajo hasta llegar a sus bolas. Le gustaba que con las uñas le hiciera un ligero cosquilleo en el escroto.

—Sí, muñeca Molly —suspiró y le sopló su aliento rancio en la cara— hazlo como le gusta a tu papi.

Se acercó a su cuello y le mordió la suave piel.

—Hueles bien, muñeca... como a madreselva. Me gusta ese olor.

Ella levantó la vista para ver sus pesados ojos marrones medio cerrados mientras se concentraba en lograr una erección completa.

¿Por qué no puede ser como era antes de que empezara a probar tanto su propio producto? Solía ser tan bueno con nosotros. Cuando está sobrio, es un hombre tan dulce y cariñoso.

—Ya lo tienes, muñeca Molly —suspiró, y ella se estremeció por el olor a humo de cigarrillo y alcohol rancio de su aliento—. Acaricia la polla de papi como me gusta y luego usaré tu dulce y húmedo coño para seguir acariciándola.

¿Por qué insiste en llamarse «papi»? Sabe que odio que haga eso. No es mi padre y desde luego no me acostaría con él si lo fuera. Es asqueroso y vil.

Abrió las piernas un poco más para invitarlo a entrar y levantó sus largas piernas bien definidas para envolver su cintura. Él aceptó su invitación y metió con fuerza su pene erecto en su coño. Al principio, él empujaba vigorosamente pero perdió su erección después de solo unos minutos. Ella lo miró y vio la furia en sus oscuros ojos mientras él la miraba fijamente.

—No sé por qué me obligas a hacer esto, muñeca Molly —rugió y luego echó su brazo hacia atrás y la abofeteó con fuerza.

El escozor hizo que se le llenaran los ojos de lágrimas, pero agradeció que esta vez haya usado la palma de su mano y no el puño. La golpeó dos veces más, y el sonido de su mano golpeándola revivió su erección.

Ella levantó las manos y empezó a pasar con suavidad las uñas haciendo círculos sobre su espalda mientras flexionaba los músculos de su coño para masajear su polla que volvía a despertar.

—¿Así está mejor, papi? —le dijo suavemente y él metió uno de sus pezones en su boca y jugueteó con su lengua.

El resto fue rudo. Le gustaba hacerlo rudo cuando estaba borracho. Una o dos veces, salió de su coño y metió la cabeza del pene en el agujero de su culo, sobrepasando su tolerancia al dolor, hasta que ella se estremecía y gritaba de dolor. Eso lo excitaba cada vez más. Finalmente, volvió a su coño para terminar.

—Aquí viene, muñeca Molly —gritó encima de ella—. Esta noche, papi va a llenar ese pequeño coño apretado. Oh, sí—, gimió al terminar—. Oh, demonios—, gimió mientras metía la polla profundamente dentro de ella.

Ya no le importa si yo disfruto. Siempre se trata de él. Me pregunto si todos los hombres son así.

Dejó caer todo su peso encima de ella, jadeando en su oreja. Ella esperó hasta que su corazón se desaceleró y hasta que sus jadeos se convirtieran en suaves ronquidos y luego tapó su cuerpo desnudo con las sábanas. Se sentó para mirar su reflejo en la tenue luz del sol naciente que entraba por la ventana de la cama.

Se tocó las mejillas con cautela y con la esperanza de que no se pusieran moradas otra vez. Casi no le quedaba base color panqueque y todavía no tenía mucho dinero para comprar más. Pasó una mano por su corto y rizado cabello. Echaba de menos su cabello largo, pero este estilo corto estaba de moda ahora. Todas las reinas de la pantalla grande llevaban el cabello así. El cabello vuelve a crecer y tenía que admitir que así era mucho más fácil de cuidar.

Sherri se despertó sentada en el borde de la cama y se aferró al colchón para no caer al suelo.

No recuerdo haberme sentado.

Se miró en el espejo y su cabeza comenzó a dar vueltas. No era su cara la que la miraba fijamente. Era la cara de la rubia.

¿Sigo soñando?

La habitación también era diferente. Los muebles no eran los de ella. Eran de un estilo más antiguo. Sherri parpadeó para aclarar su mente, pero cuando abrió los ojos los muebles no habían cambiado.

¿Cómo es que sigo en el sueño? Estoy sentada.

Eran los muebles de su sueño, los muebles de la chica rubia. Giró la cabeza para mirar el otro lado del colchón y dejó escapar un suspiro de alivio. Sherri pensó que iba a ver a un hombre dormido allí, pero estaba vacío.

Sherri volvió a cerrar los ojos y masajeó sus sienes palpitantes.

¿Qué mierda está pasando? ¿Quién se despierta con un maldito dolor de cabeza?

Cuando Sherri volvió a abrir los ojos, sus muebles habían regresado, y la brisa de la mañana movía las cortinas de la habitación y un ligero olor a madreselva que venía desde el cercano seto flotaba en el viento.

Era solo el maldito sueño. Todavía no había despertado. Esto es tan extraño. No recuerdo haberme sentado, pero recuerdo que la chica de mi sueño se sentó.

Sherri cogió su bata y se la puso sobre sus fríos hombros. Se la ató a la cintura y salió con dificultad del dormitorio, atravesó la sala de estar y se dirigió a la oscura cocina donde llenó la cafetera y metió un *bagel* en la tostadora.

Probablemente debería comer huevos con tocino. Es probable que mi dieta sea la responsable de los malditos sueños locos y del dolor de cabeza.

Luego se dirigió al baño y encendió la luz. En el espejo, Sherri notó que sus mejillas estaban rosadas y se estremeció, recordando las dolorosas bofetadas del hombre de su sueño. Dejó caer su bata al suelo y se sentó en el inodoro. Cuando Sherri se limpió, el papel quedó cubierto de algo viscoso y con un aroma extrañamente familiar. Lo acercó a su nariz y lo olió.

Es semen. No puede ser posible. No he tenido sexo durante más de un año. Esto es absolutamente imposible. Ni siquiera fue un sueño húmedo. No me he corrido.

De repente se sintió engañada y dejó caer el papel viscoso en el inodoro después de mirarlo detenidamente y luego tiró de la cadena. Debe haber sido una extraña secreción vaginal.

Después del café, se conectó a Internet, buscó un ginecólogo local y pidió una cita. De todas formas, tenía que hacerse un chequeo y necesitaba un médico local. Tal vez su cuerpo estaba tratando de decirle algo.

Sherri regresó a la cocina, se sirvió café y untó con mantequilla su *bagel*. Se sentó a la mesa y tembló al pensar en el sueño extrañamente realista.

Quizás mi cuerpo está tratando de decirme que he pasado demasiado tiempo sin un hombre entre mis piernas. Escribo escenas eróticas casi todos los días y mi cuerpo se excita, pero no tengo ninguna liberación física real. Eso no puede ser saludable.

Tomó un largo trago del rico café caliente y luego fue a la sala de estar para buscar su portátil. Cuando regresó a la mesa con su café y su *bagel* con mantequilla, Sherri abrió la portátil marca Toshiba, revisó su correo electrónico y entró a su página de Facebook para ver si tenía mensajes o publicaciones interesantes de sus amigos y familiares. Frunció el ceño cuando vio un insistente mensaje de su editor.

Será mejor que me ponga a trabajar antes de que empiecen a pedir el adelanto.

Motivada, Sherri revisó la carga de su portátil, llevó la computadora y el café con ella a la hamaca acolchada del porche, y se puso cómoda para escribir durante unas horas. Era el comienzo del otoño y después de que el sol quemara el frío de la mañana, el día se volvía agradable. Apagó su teléfono para que nadie interrumpiera su concentración y comenzó a escribir.

Cuando la pantalla mostró que la carga estaba al diez por ciento, habían pasado cinco horas. Sherri había escrito casi dos capítulos, cerca de cinco mil palabras. Era casi el mediodía, así que llevó la portátil dentro, la enchufó y fue a la cocina a por un vaso de agua helada y un plátano.

Probablemente debería comer algo de proteína, pero no tengo nada más que fruta en la casa. Ni siquiera tengo yogur.

Dos horas y tres mil palabras más tarde, Sherri hizo clic en el botón de su computadora portátil y envió su manuscrito terminado a su ansioso editor.

Volvió a encender su teléfono y de inmediato comenzó a sonar con mensajes. Revisó su registro y vio que había dos llamadas perdidas de su agente, una de su amiga en Palm Springs, y un mensaje de texto de Renovaciones Realistas.

Sherri revisó el texto primero.

RR: Sé que dije que te daría un par de días, pero tengo otras cifras de las que me gustaría hablarte. ¿Me dejarías invitarte a desayunar mañana? Puedes llamarme a este número o simplemente mandarme un mensaje.

SL: Claro, la invitación al desayuno suena genial. ¿Dónde y cuándo?

Unos minutos después, su teléfono sonó con la respuesta.

RR: ¿A las nueve es muy temprano para ti? ¿Prefieres algún restaurante en especial de aquí en la ciudad?

SL: ¿Sigue abierto Pike's y todavía sirven esos gloriosos panqueques rellenos de crema y queso?

RR: Sigue abierto, y todavía los hacen. Te veré en Pike's a las nueve de la mañana. ¡Gracias!

Espera, ¿acaba de invitarme a desayunar Dylan Roberts? ¿Eso se consideraría una cita o una reunión de negocios?

Sherri devolvió la llamada de su amiga en Palm Springs pero le saltó el buzón de voz y le dejó un mensaje diciendo «te toca». Considerando los horarios de ambas, eso podría continuar durante días antes de que hablaran. Si hubiera sido importante, Kelly habría dejado un mensaje más preciso o un mensaje diciendo «911».

Cerca de las cinco de la tarde de Nueva York, Sherri llamó al número privado de su agente.

—Hola, soy Inga. ¿En qué puedo ayudarle?

— Soy Sherri Lambert —respondió Sherri y después de una pausa tensa, añadió— *Whiskey Treat.*

Odio que nunca recuerde mi verdadero nombre. Soy Sherri, no Whiskey, aunque supongo que es Whiskey quien les hace ganar dinero.

—Sí, por supuesto, lo siento mucho, señorita Lambert. Solo llamaba para preguntar por el tercer libro de su serie. ¿Ya lo ha entregado al editor? Si lo ha hecho, me pondré en contacto con ellos para nuestro próximo cheque de adelanto — dijo entre risas.

—Lo envié esta tarde y te lo envié a ti. Debería estar en tu bandeja de entrada en este momento. Es el último libro de la serie, así que no voy a solicitar otro cheque de adelanto todavía.

—Estoy al tanto de eso —respondió Inga con su acento de la costa este—. ¿Has pensado en tu próximo proyecto? ¿No habían hablado de algo paranormal hace unos meses?

—Sí —suspiró Sherri—. Ya he escrito algunos borradores y apuntes de los personajes, pero nunca antes había escrito en ese género y no sé si le va a gustar a mis lectores habituales.

—Excelente. Envíeme una sinopsis de lo que tiene en mente y yo lo leeré y haré que la editorial lo revise.

Sherri escuchó a la agente respirar profundamente antes de continuar.

—Estoy segura de que les encantará. Has logrado desarrollar una amplia base de admiradores en los últimos años. Bueno, ya has visto el correo de tus admiradores.

—¿No crees que querrán más de lo mismo? —preguntó Sherri con nerviosismo—. Los últimos tres fueron *Westerns*. ¿No querrá el editor más *Westerns*?

—Tal vez sí, pero tu trabajo ha sido muy bien recibido, Whiskey, —dijo Inga con confianza—. Estoy segura de que les encantará cualquier cosa que tengas en mente y lo llevarán a otra de sus imprentas. Lo paranormal tiene una gran audiencia.

Dio un respiro y continúo.

—Mientras haya una historia romántica con un final feliz, pueden mantenerla con el sello de Corazones y Flores y así será más probable que sus lectores la encuentren.

—En realidad —dijo Sherri— estaba pensando en comenzar la historia en el siglo XIX y luego trasladar la serie a la actualidad con una historia romántica en cada una de ellas.

—Eso suena interesante, pero no estarás pensando en hacer una de esas historias sobre viajes en el tiempo al estilo «Outlander», espero, —Inga se quejó.

—No —dijo Sherri entre risas—. Lo han hecho hasta el hartazgo. En realidad estaba pensando en comenzar la historia con personajes anteriores a la Guerra Civil y luego avanzar en la historia junto con otros personajes en períodos de tiempo más cercanos hasta que la historia termine en el presente.

—¿Y dónde estaría lo paranormal? ¿Qué tal brujas malvadas, maldiciones horribles y fantasmas desagradables? Suena factible —dijo Inga riéndose—. Envíame una sinopsis detallada con lo que tienes y tus apuntes de los personajes. Revisaré todo con Karen y veré si puedo conseguirte un buen adelanto.

Te refieres a conseguirnos un buen adelanto. Te llevas tu quince por ciento directamente de la suma inicial.

—Eso suena bien —dijo Sherri—. Trataré de hacerlo bonito y te lo enviaré esta noche.

—Excelente. Estaré esperando ansiosa para ver lo que tienes, y sé que Karen también lo estará.

Excelente, de hecho. Si voy a reconstruir este lugar, mi cuenta bancaria va a necesitar una seria inyección de efectivo.

5

Dylan se sentó en su camioneta que estaba estacionada en el pequeño aparcamiento de grava en las afueras del restaurante Pike's, esperando a que llegara Sherri. Miró su teléfono una vez más para revisar la hora. Llegó temprano, pero quería estar en el estacionamiento cuando Sherri llegara.

¿Por qué mierda estoy tan nervioso? No es una cita; es una reunión de negocios.

Vio entrar al PT Cruiser color azul eléctrico al estacionamiento y sonrió.

Es un auto muy lindo pero se destaca como una mosca en la leche en el pequeño y tranquilo Barrett.

Dylan la vio salir del coche y le dirigió una sonrisa. Todavía tenía un lindo trasero y sus tetas se veían muy bien en su suéter ajustado. Esperó hasta que ella cerrara la puerta para salir de su camioneta.

—Hola, Sra. Lambert. —La saludó.

¿Debería llamarla Sherri? Fuimos a la misma secundaria.

Sherri volteó y una sonrisa se extendió por su lindo rostro. Ella se quedó en el lugar y esperó a que él se le uniera para que pudieran entrar juntos al viejo restaurante. Él observó cómo se acomodaba un rizo rojizo detrás de su oreja.

Siempre hacía eso cuando estaba nerviosa. ¿Reunirse conmigo la pone nerviosa?

Dentro, el aroma a tocino frito y humo de cigarrillo rancio golpeó sus narices. Esos olores eran comunes en todos los restaurantes baratos del país. Dylan sonrió; Pike's había sido uno de sus lugares de comida favoritos desde la infancia y se alegró de que Sherri lo hubiera sugerido. Según el modo de pensar de Dylan, el hecho de que ella haya escogido este sitio en lugar del restaurante más caro del Best Western situado al lado de la autopista decía mucho sobre ella. No es pretenciosa y no se aprovecha de un hombre eligiendo un restaurante caro para ganarse una comida gratis.

Se sentaron en una mesa vacía al fondo de la estrecha sala. La camarera, que parecía tener más o menos su edad, les trajo los menús envueltos en plástico rojo, sucios y pegajosos a causa de todos los dedos grasientos que los habían tocado durante años.

—Hola, Dil —dijo la camarera mientras les llenaba las tazas de café. Le dio a Sherri una mirada rápida y luego regresó su mirada a Dylan mostrándole una sonrisa con su rostro regordete—. ¿Qué puedo ofrecerles?

—Creo que ambos queremos los panqueques rellenos y salchichas, Candi, y dos cafés.

La camarera miró a Sherri y asintió con la cabeza.

—¿Vienes al Westie el sábado, Dil? —le preguntó a Dylan mientras garabateaba en su libreta de pedidos.

—Aún no lo sé —respondió Dylan encogiéndose de hombros—. ¿Quién más va?

—Probablemente todo el mundo —dijo con una risita de niña—. Este mes es el cumpleaños de Kitty, así que toda la pandilla va a estar allí.

Odio esas estupideces. Son tan aburridas. He escuchado las mismas historias estúpidas docenas de veces.

—Lo pensaré —respondió y tomó su café.

—Bien, les traeré su pedido dentro de unos minutos —dijo la camarera y se dirigió a la cocina.

—Muchos de nosotros nos reunimos una vez al mes en el Best Western para cenar y beber —explicó Dylan—. Celebramos el cumpleaños de quien cumpla años en ese mes. Supongo que el de este mes es el de Kitty Jackson... solía ser Kathy Hill. Empezó a usar el nombre Kitty en la universidad antes de casarse con Jimmy Jackson.

Sherri recordó a Kathy Hill y a Jimmy Jackson. Ambos formaban parte del antiguo círculo íntimo de Dylan y del estirado grupo que todos los demás de la secundaria llamábamos «Los engreídos». Sherri miró fijamente a la camarera que se iba con una mirada inquisitiva en sus ojos.

Él la llamó Candi. ¿Esa gordita camarera será Candi Wyatt? En la escuela, Candi había sido una chica muy menuda y siempre se había vestido siguiendo el último grito de la moda. Había sido porrista en la secundaria Barrett y también novia estable de Dylan Roberts durante varios años. Su padre era dueño de una concesionaria de maquinaria agrícola y su madre tenía un salón de belleza con camas solares en la parte de atrás.

—¿Esa era Candi Wyatt?— Sherri le preguntó a Dylan con inquietud.

—Sip —respondió Dylan con la sombra de una sonrisa en su cara—. Los años no han sido muy buenos con Candi ni con su familia. Su viejo se suicidó y su madre es la borracha del pueblo ahora.

—Oh Dios —suspiró Sherri—. ¿Qué sucedió?

—Cuando la economía colapsó hace unos años, el padre de Candi se fue a la quiebra y perdió su gran concesionaria de tractores. Se volvió loco y... —Dylan se puso un dedo en la cabeza imitando un arma—. Entonces su madre perdió su negocio en el centro y ella también enloqueció. Era una especie de arribista, ¿sabes?, y cuando la gente del pueblo empezó a ignorarla, se inclinó hacia la bebida.

Dylan puso los ojos en blanco.

—Ella también es una borracha empedernida, y llega a muchos lugares con unas cuantas copas de más. Candi lo ha pasado mal y su marido no es de mucha ayuda.

—¿Con quién se casó? —preguntó Sherri.

—Terry Clem —respondió Dylan y tomó un sorbo de café.

—¿El traficante de marihuana? —preguntó Sherri con los ojos abiertos de par en par.

Terry Clem había sido el chico al que se acudía en Barrett si querías hierba durante la época de instituto y el último chico con el que alguien hubiera imaginado que Candi Wyatt acabaría.

—Ese mismo —dijo Dylan en voz baja—pero ahora se ha graduado de la marihuana y pasó a la metanfetamina. Es dueño de ese viejo parque de casas rodantes al norte de la ciudad y en todas cocinan meta, excepto en la gran casa prefabricada en la que viven él y Candi.

Vaya —exclamó Sherri—. Ciertamente no habría pensado eso de Terry Clem. Era tan... tan...

—¿Basura? —dijo Dylan, pero se calló cuando vio a Candi venir con sus platos de comida en sus manos.

Candi puso los platos delante de ellos pero se quedó mirando fijamente a Sherri.

—Ahora sé quién eres —dijo Candi alzando la voz y mirando a Sherri con los ojos bien abiertos.

Oh, mierda, aquí viene. A Candi nunca le gustó Sherri porque era inteligente y tenía las buenas calificaciones que ella no tenía.

—¿Qué tal un poco más de café? —dijo Dylan para desviar la atención de Candi. No estaba de humor para una de sus tontas diatribas.

—Tú eres Whiskey Treat, la escritora —dijo entusiasmada Candi—. He leído todos sus libros. Espera —dijo y se dirigió rápidamente hacia la cocina.

—¿Whiskey Treat? —preguntó Dylan con una profunda arruga en su frente.

—Ahora soy una escritora —dijo Sherri—. Mi agente pensó que Whiskey Treat sería un mejor seudónimo que Sherri Lambert. Sonrió y se encogió de hombros. —Se trata de vender más libros, después de todo.

—¿Y lo haces? —preguntó levantando una de sus cejas gruesas—. ¿Vendes libros?

Candi volvió corriendo a la mesa con un libro de bolsillo en sus manos.

—¿Firmarías esto con dedicatoria a Candi, por favor, señorita Treat?

Le sostuvo el destartalado libro a Sherri y se dio cuenta de que era uno de sus primeros libros, *Esperanza Perdida*, el cual trataba sobre una mujer que creció en un pequeño pueblo y que sufrió en la escuela secundaria.

—No puedo creer que una escritora famosa esté sentada aquí en nuestro pequeño restaurante en Barrett. ¿Cómo la conoces, Dylan?

Sherri abrió el libro, tomó la pluma que le ofreció Candi y lo firmó, pero debajo de Whiskey Treat firmó con su verdadero nombre, Sherri Lambert. Candi tomó el libro cuando Sherri se lo entregó, y Dylan vio la expresión boquiabierta de la camarera mientras leía la dedicatoria y las firmas.

—¿Usted es... Sherri Lambert?

Candi lanzó un grito de asombro mientras miraba fijamente la cara de Sherri y luego dio vuelta el libro para mirar la foto del autor en la rasgada contraportada.

—Vaya, supongo que eres ella.

—Me alegro de que te gusten los libros —dijo Sherri mientras levantaba un bocado de panqueques rellenos de crema y queso con su tenedor.

Candi metió el libro en el bolsillo de su delantal manchado de grasa, se dio la vuelta y se marchó sin decir una palabra más.

—Espero que no tengas ese efecto en todos tus admiradores —dijo Dylan con una sonrisa pícara.

—Pienso lo mismo —respondió Sherri devolviéndole la sonrisa.

—¿Así que escribes libros, Sherri? —le preguntó, llamándola por su primer nombre por primera vez.

—Novelas románticas eróticas —dijo con una sonrisa traviesa—. La mayoría están ambientadas en el Viejo Oeste, pero hice algunas ambientadas en la edad contemporánea cuando empecé.

Él levantó una ceja.

—¿Así que eróticas?

Voy a tener que investigar algunas de esas novelas.

Terminaron su comida mientras charlaban sobre sus compañeros de clase; sobre dónde estaban ahora y sobre los que ya no estaban. Habían pasado cuarenta años desde su graduación y varias de las personas con las que se graduaron habían fallecido. Muchos fallecieron por causas naturales mientras que otros sufrieron algún tipo de accidente o se suicidaron, e incluso uno de ellos fue asesinado. Varios se mudaron de Barrett y algunos habían ido a prisión.

No rellenaron sus tazas de café. Dylan tuvo que esperar en la caja registradora a que la otra camarera recibiera el dinero de Candi, que no se veía por ningún lado hasta que estuvieron a punto de salir.

Salió furiosa de la cocina con el libro de Sherri en la mano.

—Tú, perra odiosa —gruñó mientras los señalaba—. Hope, Colorado, el lugar de tu libro, es en realidad Barrett. ¿No? ¿Y supongo que Cindy Wyant soy yo? No eres muy original, Sherri —se burló—. Es rubia como yo, su padre es dueño de una concesionaria de autos, y su madre tiene una tienda de vestidos en el centro? ¿No puedes ser más evidente?

Cuando vio a Dylan conteniendo una sonrisa, le lanzó con furia el libro.

—No te rías, Dilly, porque el novio de Cindy, Billy —dijo ella, fulminándola con la mirada a Sherri— es un verdadero imbécil en ese maldito libro suyo.

Dylan atrapó el libro mientras Candi volvía con pasos furiosos hacia la cocina. La mujer de la caja registradora extendió la mano a Dylan para que le diera el libro, con una sonrisa enorme que estiraba las esquinas de su boca color rojo brillante.

—He leído ese libro, cariño —le dijo a Sherri, sonriendo—. Si esa perra Cindy se supone que es nuestra Candi, entonces has dado en el clavo. Volvió su atención a Dylan, entrecerró los ojos, y lo señaló con una uña en forma de garra. —Si tú fuiste la inspiración para Billy, entonces deberías avergonzarte de ti mismo, jovencito.

Dylan sostuvo la puerta abierta para Sherri mientras salían al brillante sol de la mañana.

—Supongo que tendré que comprar ese maldito libro.

* * *

Después de salir de Pike's, Sherri condujo hacia la oficina de impuestos del condado y descubrió que su casa había sido registrada como si hubiera sido construida antes de 1838 cuando Jasper, Texas había sido designado por primera vez un condado oficial por el estado. Hasta ahí fue lo más lejos que llegaron los registros y la secretaria sugirió que visitara al archivero de la biblioteca pública en caso de que necesitara más información.

Sherri condujo hasta el edificio de ladrillos rojos en donde se encontraba la biblioteca pública de Barrett y entró. Una mujer joven y bonita estaba sentada en el mostrador, y cuando Sherri pidió ver al archivero para obtener información sobre su propiedad, la mujer tomó el teléfono y le pidió a alguien que se acercara.

Mientras esperaba, inhaló el aroma de los libros. Sherri recordó cómo se pasaba horas en este edificio de joven, buscando libros interesantes para leer. Desde que Sherri tenía memoria, los libros habían sido su escape de la realidad; primero como lectora y ahora como escritora.

—¿Puedo ayudarle?— preguntó una voz varonil; Sherri se volteó y se encontró con una cara vagamente familiar.

Ella extendió su mano.

—Soy Sherri Lambert y necesito averiguar sobre la propiedad de mis abuelos en las afueras de la ciudad. Tengo todos los números de propiedad y otros datos que obtuve de la oficina de impuestos.

Él tomó su mano y sonrió.

—No te he visto desde la escuela, Sherri. ¿Cómo has estado?

Debe haber visto la incertidumbre en su rostro.

—Louis Cummings—, agregó mientras le estrechaba la mano.

—Por supuesto, lo siento, Louis. Ha pasado mucho tiempo, y he estado lejos de Barrett durante bastantes años. Veo caras que me resultan familiares pero no puedo recordar los nombres. Me da un poco de vergüenza.

—Me gustaría poder decir lo mismo sobre haber estado lejos —dijo con una sonrisa triste—. Nací en Barrett y moriré aquí, sin duda.

Sherri asintió con la cabeza.

—¿Eres archivero?

—Siempre me gustó la historia y mi abuelo me introdujo en la apasionante historia local contándome historias de cuando era niño y crecía en los alrededores de Barrett. Cuando fui a la universidad, estudié la historia de nuestro hermoso estado y me dediqué a este ámbito.

Sherri lo siguió a una pequeña oficina al final del pasillo, pasando los baños. Recordó que una vez esta oficina albergaba las fotocopiadoras y el equipo de proyección de la biblioteca para realizar presentaciones.

Él movió una pila de libros que estaban sobre una silla y los puso en el suelo junto a otros.

—Toma asiento.

—Gracias —agradeció y se sentó en la silla de oficina de los años sesenta, tapizada con una tela de arpillera de color naranja desteñida.

—Ahora, ¿qué es lo que tienes para mí y qué es lo que quieres saber?

Sherri tomó una carpeta de su bolso y la deslizó por el escritorio para dársela a Louis. Le contó sobre los troncos que había encontrado debajo del revestimiento de tejas y que lo iba a renovar con la compañía de Dylan.

—Hacen un trabajo excelente — le dijo él mientras estudiaba los números escritos en los documentos—. Renovaron esa gran y maltrecha casa victoriana frente a la escuela secundaria y ahora es un Bed and Breakfast aclamado en el estado.

Sherri lo vio pararse y pasar sus dedos sobre un plano del condado.

—Aquí está —dijo y señaló un punto del mapa. A continuación, sacó un gran libro de un estante detrás de su escritorio y hojeó las páginas hasta que finalmente se detuvo en una de ellas y la recorrió con el dedo.

—Aquí dice que el terreno en el que está construida su casa fue ocupado por Hiram y Millie Aiken en 1820 o cerca de ese año.

Levantó la vista del libro con una amplia sonrisa dibujada sobre su rostro.

—Si todavía tienes su auténtica cabaña, Sherri, eres dueña de una parte importante de la historia del condado y también del estado. Los Aiken llegaron aquí desde Carolina y fueron una de las primeras familias de pioneros de esa región.

—Vaya —exclamó Sherri, haciéndose eco de su emoción.

6

Sherri pasó por la oficina y firmó los contratos con Renovaciones Realistas para realizar una restauración completa de su cabaña y comenzaron a desmantelar el lugar casi de inmediato.

—Tenemos cuadrillas que están sin hacer nada en este momento —dijo Dylan mientras ayudaba a sus hombres a bajar las escaleras del camión—. Preferirían estar trabajando y yo también.

—Y a Bobby le gustaría ver que mi dinero se convierta en el suyo —agregó Sherri con una sonrisa. Unos días antes, ella le había extendido un cheque con una gran cantidad de dinero para poner las cosas en marcha.

—En eso tienes razón —dijo Dylan riéndose por lo bajo—. En eso tienes razón. Sherri caminó a su lado mientras él cargaba la enorme escalera sobre su hombro y la llevaba a la casa donde parte de la cuadrilla comenzaría a quitar el revestimiento de teja de la estructura mientras que los demás trabajarían en el interior y removerían los pisos y las paredes.

Esto va a ser un gran desastre.

Le sorprendió oír a los hombres martillando dentro de la casa; ya estaban arrancando los marcos de las ventanas y las molduras del piso para poder empezar a quitar la alfombra y arrancar los viejos paneles de las paredes.

Sherri tuvo que admitir que estaba ansiosa por ver la vieja casa desnuda hasta los huesos.

No puedo esperar para ver cómo se veía cuando la abuela y el abuelo se mudaron aquí por primera vez.

—Tus muchachos van directo al grano —dijo Sherri y se puso una mano sobre la nariz y la boca mientras ingresaban a la casa, donde el polvo ya había comenzado a invadir el interior.

—¿Llevamos esta vieja alfombra al basurero de la ciudad, jefe? —le preguntó uno de los miembros más jóvenes de la cuadrilla a Dylan—. ¿O la cargamos en uno de los camiones para llevarla con nosotros?

—Hay un lugar para quemar cosas en la parte de atrás, junto a los barriles de basura —ofreció Sherri—. Puedes amontonarla ahí atrás por ahora y quemarla después—. Se volvió hacia Dylan. —Todavía se puede quemar la basura aquí en el campo, ¿no? He vivido en la ciudad durante mucho tiempo —preguntó mientras le dirigía una cálida sonrisa.

—Creo que estamos lo suficientemente lejos de la ciudad, pero una enorme fogata podría llamar la atención viniendo de esta colina —dijo él, devolviéndole la sonrisa—. Muéstrame dónde está ese lugar y, Jeremy, ustedes pueden llevarla allí cuando la quiten. Que alguno le diga a Jake que haga lo mismo con el revestimiento.

—Por supuesto, jefe —le contestó el joven y le asintió con la cabeza a Sherri.

Ella condujo a Dylan por la puerta trasera, atravesaron el jardín hasta llegar a un lugar donde dos barriles oxidados de 200 litros se encontraban parados sobre bloques de concreto ennegrecidos. Brotes verdes de hierba fresca se asomaban a través del pasto quemado y las plantas silvestres.

—Aquí es donde mi abuelo quemaba la basura y demás —dijo ella apuntando con su mano los barriles y el lugar ennegrecido por el fuego—. Si va a ser una gran pila, es posible que tengamos que cortar algunas de esas hierbas más altas, para no incendiar todo el campo.

—Buena idea —dijo, y miró fijamente al otro lado del campo donde la alta hierba marrón de centeno se agitaba con la suave brisa de otoño—. Con la alfombra, el revestimiento y los paneles, podría ser una fogata muy grande y muy intensa. Haré que un par de los muchachos vengan aquí con la motoguadaña y corten uno o dos metros para estar seguros y tal vez les diga que caven una pequeña trinchera para que funcione como un cortafuego.

—Esa hierba alta y seca se prende fuego enseguida en el otoño cuando está así de seca —afirmó ella mientras disfrutaba del cálido sol en su rostro y la brisa fresca en su cabello —. Una vez, la abuela estaba quemando algo aquí y se le fue de las manos —comenzó a contar Sherri, pero se le formó un nudo en la garganta por la emoción al pensar en su abuela y fingió toser mientras una lágrima se le escapaba del ojo y se deslizaba por su mejilla.

Le dio la espalda a Dylan y se secó la lágrima.

Sin embargo, él la vio, y puso un brazo alrededor de su hombro y se acercó a ella.

—Los extrañas, ¿no? Leí sobre su accidente en el periódico —. Lo siento mucho—, le dijo con suavidad dándole un beso en su cabello.

Maldición, esto no será bonito. ¿Por qué tuve que pensar en la abuela?

—Sí —dijo Sherri y apoyó la cabeza sobre su hombro—. Ellos eran todo lo que tenía. Por un momento, su aroma de hombre la abrumó y Sherri comenzó a sollozar con su cabeza apoyada en el pecho de él. Él puso su otro brazo alrededor de ella y se quedó sosteniéndola mientras se permitía volver a llorar la pérdida de sus abuelos.

Estoy actuando como una idiota llorona, pero se siente bien tener los brazos de un hombre a mi alrededor. Ha pasado demasiado tiempo desde la última vez.

Sherri retrocedió a regañadientes después de unos minutos y miró hacia sus comprensivos ojos marrones, avergonzada por su arrebato emocional.

—Lo siento —respiró por la nariz y se secó los ojos con el dorso de la mano.

—Está bien —dijo él y buscó en su bolsillo un pañuelo—. Toma—, ofreció estirando su mano.

Sherri cogió el pañuelo blanco de lino, se frotó los ojos y se sonó la nariz. Lo metió en su bolsillo y sonrió.

—Lo lavaré y te lo devolveré mañana.

—No hay apuro —le aseguró con una sonrisa de preocupación—. Tengo un cajón lleno en casa de todos modos. No te preocupes.

Agitó la mano, tratando de cambiar de tema.

—Tengo que lavar un montón de ropa hoy, de todos modos.

—Oye —dijo apoyando una mano sobre su hombro— ¿quieres ir conmigo a esa fiesta en el Besty-Westy el sábado por la noche?

Los ojos de Sherri se abrieron de par en par y su boca se abrió a causa de la sorpresa.

¿Dylan Roberts me está invitando a una maldita cita? ¿Yo aquí llorando desconsoladamente y llenando de mocos su pañuelo y él me invita a salir? Probablemente sea una cita por compasión. Seguramente siente lástima por mí.

—Creí que era el sábado pasado —dijo Sherri y aspiró los mocos de su nariz.

—Había una gripe o algo así —dijo al mismo tiempo que se encogía de hombros—. Se reprogramó para este fin de semana. —Respiró profundamente. —Así que, ¿quieres ir?

—No lo sé, Dylan —Sherri suspiró— nunca fui parte de tu grupo en la secundaria. Me sentiré fuera de lugar e incómoda con esa gente.

—Oh, vamos—le suplicó— .Odio ir a esas malditas cosas solo. Normalmente soy el único soltero allí.—Él tomó su mano. —Te divertirás. La comida suele ser bastante buena, y estoy seguro de que todos estarán encantados de verte después de todo este tiempo.

No puedo creer que me esté tomando de la mano. El maldito Dylan Roberts está sosteniendo mi mano.

Sherri puso los ojos en blanco.

—No sé si eso es verdad. Candi va a estar ahí, ¿no? Estoy segura de que ella los tiene todos listos para colgarme por *Esperanza perdida*.

—Creo que puedes defenderte de Candi Clem en un día cualquiera, Sherri —afirmó y se rió con fuerza. —¿Qué dices? ¿Serías mi cita?—Apretó su mano y le dirigió una cálida sonrisa.—Podemos hablar de la casa y yo puedo considerarlo como una cena de negocios. A Bobby le gustará eso. ¿Qué dices?

—Oh, está bien —cedió—. Hablaremos de quemar la basura para que Bobby pueda contabilizarla como un gasto del trabajo.

—O podríamos hablar de ideas para libros y la contabilizas tú —dijo con una sonrisa.

—¿Quieres decir que me estás invitando a salir, pero tengo que pagar por mi propia comida? —dijo mostrando una expresión de falsa vergüenza.

Él la miró fijamente durante un instante, pero luego se tentó.

—Olvidé cómo siempre me hacías reír, Sherri.— Apoyó una de sus grandes manos en su hombro y lo apretó. —Creo que he extrañado eso en mi vida desde hace un tiempo. Siempre me gustó hablar contigo. Eras tan divertida.

Sherri frunció el ceño, confundida. Su tacto era agradable y estar en sus brazos había sido increíble.

¿Ahora de qué demonios está hablando? No recuerdo que hayamos hablado tanto. No leas entre líneas, Lambert.

—Eras de las pocas que me hacían reír —dijo y sorprendió a Sherri al tomar su mano—. Siempre me hacías reír con tus comentarios en voz baja en la clase de inglés.

¿De verdad me está tomando la mano otra vez? Me siento como una maldita adolescente.

—Oh —suspiró y respiró profundamente—. Bien, iré contigo y seré el alivio cómico de la noche.

Sherri sonrió y volvió a secarse los ojos.

Será interesante.

—Gracias —dijo y volvió a apretar su mano—. Eres mi salvadora. Realmente odio ir a esas cosas solo.

Cuando se voltearon hacia la casa, los seis hombres de su cuadrilla se dispersaron hacia el interior de la casa desde el porche trasero, donde habían estado observando a su jefe con la dueña de la casa en sus brazos.

Bueno, no pasará mucho tiempo para que la noticia se difunda por todo el pueblo. Sin duda, los hombres son más chismosos que las mujeres.

7

Sherri dio un salto en su cama. Alguien estaba tocando música jazz en el viejo piano de pared de su abuela. Mientras se deslizaba de la cama, Sherri miró los números rojos que brillaban en el reloj junto a ella. Eran las tres y cuarto. Olió humo de cigarrillo y frunció el ceño.

¿Quién mierda está fumando en mi maldita casa?

Sherri no permitía que nadie fumara en la casa. El humo del cigarrillo era una de sus aversiones. Le irritaba los senos nasales y le daba dolor de cabeza. Ella le había dejado muy en claro a la cuadrilla de trabajo que no podían fumar en la casa y sabía que algunos de ellos se habían molestado por tener que salir a la calle a encender el cigarrillo.

Se acercó sigilosamente a la puerta de su dormitorio y se asomó a la sala de estar. En el piano estaba sentada la chica rubia de sus sueños. Sus cortos rizos rubios rebotaban mientras sus manos bailaban sobre las teclas del viejo piano y el fleco y las cuentas de cristal de su vestido azul de la época *flapper* brillaban por la luz que proyectaban las llamas de la chimenea.

¿Estoy otra vez soñando? ¿Por qué parecen tan reales últimamente? Nunca antes habían sido así.

Otras dos mujeres estaban de pie a cada lado del piano de pared con copas en sus manos. Otra copa llena de líquido transparente se encontraba en la parte superior del piano junto a un pesado cenicero de vidrio. El humo de tres cigarrillos sin filtro subía en espiral hacia el techo. Al principio, Sherri pensó que los vasos contenían agua, pero las rebanadas de lima que flotaban en ellos le indicaron que lo que contenían era ginebra.

Genial, cigarrillos y alcohol. ¿Qué está pasando aquí?

Sherri miró a su alrededor y reconoció su sala de estar, pero al igual que el dormitorio de sus sueños, se veía ligeramente diferente. Los paneles no estaban, y la chimenea estaba al descubierto. Un pesado y oscuro manto de madera que se parecía a un durmiente de ferrocarril estaba colocado sobre las llamas del hogar. Sobre el manto, la cabeza de un ciervo embalsamado miraba hacia la sala con ojos de cristal color marrón.

Un empapelado azul con líneas verticales de flores de enredadera de color rosa cubría las paredes enyesadas. Cortinas de encaje colgaban de las ventanas y detrás de ellas, había persianas venecianas de metal. En lugar de la sucia alfombra dorada, alfombras de retales cubrían los pisos de madera pulida.

Es igual, pero ligeramente diferente, al igual que mi dormitorio.

Sus muebles habían desaparecido o cambiado también. Su sofá verde de gamuza y su sofá biplaza habían sido reemplazados por un voluminoso sofá de cuero con brazos de metal y una silla y una otomana a juego. Robustas mesas de madera acompañaban el sofá y la silla con quinqués y ceniceros de vidrio encima de ellas. Su televisor de pantalla plana había desaparecido, así como su computadora portátil. El piano de su abuela también se veía diferente. Su acabado era brillante y reluciente en lugar de estar agrietado y lleno de pequeñas burbujas por el paso del tiempo.

¿Qué está pasando aquí? ¿Este es otro maldito sueño? ¿Qué comí antes de irme a la cama? Tal vez debería comprar algunas pastillas para dormir.

—Qué mierda —maldijo Sherri mientras se agarraba al marco de la puerta para sostenerse. Su corazón latía como un tambor en su pecho, su cabeza había empezado a girar, y pensó que podría desmayarse en cualquier momento. La sala estaba fría.

Por el amor de Dios, ¿qué está pasando aquí? Sé que no estoy soñando esto. Estoy absolutamente despierta y siento que voy a vomitar.

La música se detuvo de repente, y las tres mujeres se voltearon a mirar a Sherri.

—Oh, hola, muñeca —dijo la rubia alegremente—. ¿Te despertamos? Eso nunca había pasado.

La ceja de la rubia se frunció mostrando confusión.

Al menos no soy la única que piensa que esto es raro.

—¿Qui... quiénes son ustedes? —tartamudeó Sherri—. ¿Y qué están haciendo en mi casa?

La chica soltó una carcajada de borracho y le dio una palmada en el brazo a una de las otras mujeres.

—Ella cree que esta es *su* casa.

La chica tomó su copa del piano, se volvió hacia Sherri y continúo.

—Muñeca, esta ha sido nuestra casa desde hace muchísimo más tiempo que tú.

Levantó la copa y tomó un largo trago.

—¿Pero quiénes son ustedes? —Sherri volvió a preguntar—. ¿Y por qué están aquí?

—Yo soy Molly —respondió la chica— y estas muñecas son Tillie y Maudie. Las otras mujeres, que parecían tener una década más de edad y unos kilos más de peso que Molly, la saludaron con la cabeza y le sonrieron. —Como dije antes, hemos estado aquí por mucho tiempo... demasiado tiempo, de hecho.

Molly miró a las dos mujeres y luego tomó uno de los cigarrillos, se lo puso en su perfecta boquita rosada, lo inhaló, y luego largó una bocanada de humo azul hacia la habitación.

—Lo siento, pero no permito que se fume en mi... eh... en la casa —tartamudeó inquieta Sherri—. Me da un terrible dolor de cabeza.

—Oh, lo siento, muñeca —dijo Molly y apagó su cigarrillo —. Chicas, ¿por qué no van a fumar afuera mientras yo converso aquí un poco con la muñeca?

La habitación resplandeció y las dos mujeres desaparecieron junto con el cenicero y los cigarrillos. Sherri se aferró a la puerta para sostenerse a medida que se mareaba cada vez más y más.

Mierda, todo esto es demasiado extraño.

Miró por la ventana y vio los pequeños puntos rojos y luminosos de los cigarrillos en el porche afuera, como si las mujeres se hubieran movido a la hamaca ubicada en el porche. Sintió náuseas y pensó que iba a vomitar, pero tragó con fuerza y permaneció de pie.

—¿Bueno, qué hacen todas ustedes en mi casa? —Sherri le preguntó una vez más a la chica sentada junto al piano—. ¿Y a qué viene tanto ruido esta noche?

—Ahí vas de nuevo con esa mierda de «mi casa», muñeca

Molly suspiró y estiró su pequeño y delgado cuerpo.

—He estado tratando de explicártelo. Las chicas y yo hemos estado aquí durante mucho tiempo. Necesitamos que encuentres lo que queda de nosotras y nos des una buena despedida con un pastor que diga palabras sobre nuestra tumba y todo lo demás. Perdón por haberte despertado con nuestra pequeña fiesta, pero tenemos que matar el tiempo de alguna manera —dijo con una mueca y encogió sus pequeños hombros—. La espera para pasar al otro lado es agotadora.

Oh, Dios mío, son fantasmas. ¡Mi maldita casa está embrujada con un montón de mujeres de una época pasada!

—¿No les hicieron un funeral antes de enterrarlas? —preguntó Sherri, pero de repente se sintió tonta, hablando con un fantasma como si fuera una persona viva.

—Oh —Molly bufó y tomó otro sorbo de su copa— nos enterraron bien, pero nunca nos dijeron las palabras adecuadas para que sigamos nuestro viaje. Hasta que un pastor no nos diga las palabras adecuadas, estamos atrapadas aquí y no podemos unirnos a nuestras familias. Por eso necesitamos que nos encuentres, muñeca. Tenemos gente esperándonos en el otro lado y no pueden descansar hasta que nos hayan visto cruzar.

Ese es un concepto que nunca antes había considerado. Los espíritus necesitan ser liberados del plano terrenal por una persona sagrada antes de que puedan cruzar a donde quiera que vayan. Tiene sentido, supongo. Todas las religiones tienen ritos funerarios para los muertos.

—Pero no sé cómo puedo ayudarlas —dijo Sherri encogiéndose de hombros.

—Oh, tú y ese hombre tuyo van a quitarle los años a la cabaña y lo van a descubrir —dijo Molly, pero su cara se oscureció antes de continuar—. Pero ten cuidado con ese hombre, muñeca. Tiene mala sangre corriendo por sus venas, muy mala sangre.

¿A qué se refiere con «mi» hombre? No tengo ningún maldito hombre.

Sherri frunció el ceño.

—¿A qué te refieres con eso?

—He tratado de mostrártelo durante años, muñeca. Mira más de cerca la próxima vez y verás lo que quiero decir —dijo Molly antes de desvanecerse.

¿Mirar más de cerca qué?

La habitación resplandeció y Sherri tuvo que cerrar los ojos. Cuando los volvió a abrir, la habitación había vuelto a la normalidad iluminada por la luz blanca de la pantalla de su portátil, la cual descansaba sobre el brazo de su sofá, cargándose. El irritante olor de los cigarrillos había desaparecido de la habitación junto con las mujeres.

Supongo que todavía podemos disfrutar de nuestros vicios en la otra vida. Es bueno saberlo.

Una violenta ola de náuseas golpeó a Sherri. Se puso rápidamente una mano sobre la boca y corrió al baño donde se arrodilló y vació violentamente su estómago en el inodoro rosa. Vomitó hasta que no salió nada más que aire. Le dolía el abdomen por las arcadas, y sabía que mañana le dolería la mitad del cuerpo.

Esto no puede estar sucediendo. Tal vez sea el estrés por toda la actividad de la renovación o la preocupación por escribir los nuevos libros. Tal vez estoy estresada por la maldita cita con Dylan.

Descansó apoyando su cabeza en la fría porcelana durante unos minutos antes de ponerse de pie. Se enjuagó la boca con un poco de agua fría del grifo, se secó la cara sudorosa y caminó con pasos torpes a través de la fría y vacía casa hacia el oscuro dormitorio.

Se arrastró de vuelta entre las sábanas mientras los números rojos de su reloj mostraban las cuatro y veinticinco.

Sé que esta vez no estaba soñando. Estaba completamente despierta y de pie en la maldita sala de estar durante una hora. Esta vez no estaba soñando con Molly. Estaba parada ahí hablando con ella. Eso nunca antes había pasado.

Sherri dio vueltas en la cama durante una hora, repitiendo en su cabeza la extraña conversación que había tenido con el fantasma de Molly. Estaba segura de que las mujeres eran fantasmas. Molly dijo que debían encontrarlas y darles un entierro apropiado.

Dijo que había estado tratando de mostrarme algo durante años. ¿Eso significa que nunca fueron sueños, después de todo? ¿Molly me ha estado enviando visiones desde que era una niña, tratando de mostrarme algo para ayudarla a ella y a esas otras mujeres?

¿Qué pensaba? ¿Qué podría hacer una maldita niña para ayudarlas en ese entonces? Mierda, ¿qué cree que una mujer mayor como yo puede hacer por ellas ahora? ¿Y por qué yo, por el amor de Dios? Todo esto es muy extraño.

8

Debido a la visita a altas horas de la madrugada, Sherri durmió hasta casi las once. Por lo menos era sábado y los obreros no la despertaron antes de las siete.

Se levantó de la cama arrastrándose, entumecida y dolorida, con la cabeza palpitando. Se detuvo en la cocina el tiempo suficiente para preparar la cafetera y luego se dirigió al baño para abrir la ducha.

Necesito agua caliente para aclarar mi cabeza y luego café.

Se paró debajo de la lluvia de agua caliente hasta que empezó a enfriarse, ignorando su teléfono cuando sonó con un mensaje de texto.

Es el maldito fin de semana. Quienquiera que sea puede esperar hasta que termine.

Sherri salió de la bañera y puso sus pies en el piso áspero. El mosaico de azulejos negros y rosas habían sido cuidadosamente retirados unos días antes para preparar la colocación del nuevo. Secó su cuerpo, envolvió sus rizos rojos chorreantes con la toalla y se vistió con su bata antes de seguir a su olfato, que la conducía hacia la cocina donde le esperaba un café humeante que le salvaría la vida.

Se sentó a la mesa con su taza y tomó su teléfono. Una sonrisa se formó en el rostro de Sherri cuando vio que el mensaje era de Dylan.

RR: Te recogeré a las seis. Vístete de manera informal.

Sherri frunció el ceño, se inclinó y comenzó a golpear su frente contra la mesa. Casi había olvidado que le prometió a Dylan acompañarlo a la cena en el Best Western esa noche.

¿Por qué mierda no seguí mi instinto y sostuve mi «no»? Esto va a ser un maldito desastre. Candi va a estar allí y va a montar una escena. Lo sé. Debería haberle dicho que no.

Reflexionó con el ceño fruncido y pensó que su experiencia en el instituto pudo haber sido mucho mejor de haber dicho «no» más a menudo.

La retrospección es mejor que la previsión, Lambert, así que supéralo. Lo hecho, hecho está.

Después de una hora y dos tazas de café intenso, el dolor de cabeza de Sherri había comenzado a desaparecer. Se levantó de la mesa a regañadientes y se quitó la toalla de la cabeza para sacudir sus húmedos rizos.

Antes de entrar en la sala de estar, asomó tímidamente la cabeza por la puerta para asegurarse de que entraba en la sala de estar que conocía y no en una de las realidades alternativas que había experimentado esa madrugada.

Era la *suya*. Aliviada, atravesó rápidamente la habitación y entró a su dormitorio. Hizo su cama y ordenó la habitación y luego se dirigió hacia su armario, donde se quedó de pie con la puerta abierta mientras observaba dentro, de la misma manera que un adolescente se queda de pie con la puerta del refrigerador abierta, buscando algún tipo de bocadillo. No tenía idea de lo que se iba a poner esa noche.

Vístete informal, y una mierda. Ni Candi ni Kitty se vestirán mejor que yo esta noche. Esos días se han acabado.

* * *

Sherri pasó la tarde en su computadora portátil. Disfrutó del trabajo y se olvidó de la noche que se avecinaba y de lo que le tenía preparada para ella.

Los ojos de Dylan se abrieron de par en par y se quedó con la boca abierta cuando Sherri abrió la puerta. Con la boca gesticuló un «wow».

Se inclinó para besarla mientras ella salía por la puerta, y ella le ofreció su mejilla en lugar de sus labios.

No te adelantes, grandulón. Veamos a dónde nos lleva esta noche.

Sherri se había puesto una falda de cuero marrón bien ajustada y que le quedaba muy por encima de las rodillas, y debajo se veía la parte superior de sus medias que le llegaban hasta media pierna. Para combinar, llevaba un suéter cuello vuelto holgado de cachemira, y una chaqueta de *tweed* con parches de gamuza color marrón en los codos del mismo color de sus botas con tacón de aguja. Completó el atuendo con su Rolex, sus pendientes de diamantes y un anillo de diamantes y rubíes.

Veamos cómo superan esto, perras.

Sherri se había arreglado el pelo hasta conseguir un hermoso rodete en forma de moño y lo había sujetado con horquillas de diamantes, bueno, no con diamantes de mina, sino los fabricados en laboratorios. Brillaban de la misma forma y solo un gemólogo sería capaz de notar la diferencia.

Su maquillaje era perfecto. Usó una base ligera y la aplicó con brocha y un maquillaje oscuro y esfumado en los ojos, un leve rubor rosado cubría sus mejillas y un rosa perlado sus labios. Se había hecho la manicura en las uñas y aplicado el mismo tono de rosa que en los labios.

—Te ves muy bien —dijo Dylan mientras ella se alejaba unos pasos y daba un rápido giro para que él pudiera ver bien el conjunto completo.

—No es demasiado, ¿verdad? —preguntó ella, sin importarle si él pensaba que lo era.

—Para nada —respondió—. Mi hija, la especialista en moda, lo llamaría elegancia casual y se ve perfecto.

—Gracias —agradeció Sherri, y pudo sentir sus ojos sobre su trasero en la falda ajustada mientras se inclinaba sobre la mesa de café para tomar su bolso que hacía juego con las botas de gamuza marrón. Ella volteó hacia él y sonrió.

—Supongo que estoy lista entonces.

Lo siguió hasta que salieron por la puerta, se dio la vuelta y la cerró con llave.

Estoy loca, pero supongo que voy a seguir adelante con esto.

Dylan la tomó del brazo y la condujo a un BMW último modelo color plateado. Abrió la puerta del pasajero y Sherri subió al coche.

—Lindo coche —dijo ella mientras se ubicaba en el cómodo asiento de cuero color borgoña.

—Es el coche de la empresa —dijo él con un guiño y cerró la puerta.

Sherri no le quitó la vista de encima mientras caminaba por la parte delantera del auto y luego se ponía al volante. Se volvió hacia ella y le dijo con una sonrisa:

—Realmente te ves hermosa esta noche.

—Tú también te ves muy elegante —dijo ella y le devolvió la sonrisa.

Dylan llevaba unos vaqueros arrugados y una camisa Oxford de color azul claro a rayas con un cuello blanco abotonado y una corbata de bolo de cuero trenzado. El color claro de la camisa acentuaba su piel bronceada y sus ojos oscuros.

Creo que está más bueno ahora que cuando estábamos en la secundaria. La madurez le sienta bien.

Los tacones de sus impecables botas de vaquero lo hacían más alto y Sherri se alegró de haber usado las suyas. Si se hubiera puesto zapatos sin tacones, él habría tenido casi 30 centímetros más que ella.

Ella lo miró fijamente bajo la luz del sol que se iba desvaneciendo poco a poco y sonrió. Esta noche se parecía más a un vaquero envejecido que a un mafioso, aunque el BMW parecía más a Nueva York que a Nuevo México.

Pensé que había dejado a todos los imitadores de vaqueros en California, pero le queda bien.

—¿Quién va a estar allí esta noche? —preguntó Sherri con inquietud, pensando en Candi.

—Probablemente habrá una gran multitud esta noche —dijo mientras se alejaba de la entrada—. En este mes también tenemos el cumpleaños de Louis y él estará allí con su gente.

Le guiñó un ojo y le mostró una sonrisa pícara.

—Nuestra gente no es tan dócil como la suya, sin embargo.

—No sé si eso será verdad —dijo Sherri y se rió—. ¿No soltaron él y Jim Myers todas las moscas del laboratorio de biología en la cafetería en nuestro segundo año?

—Oh, sí, me había olvidado de eso —dijo Dylan con una carcajada—. Pero no creo que sigan siendo tan salvajes ya. Louis trabaja en la biblioteca y Jim es un contador. Ambos están casados y ya tienen hijos y nietos —dijo con una sonrisa triste— y su amigo Kevin murió de un ataque al corazón hace unos años. —¿Recuerdas que todos los llamaban como una parte del alfabeto, J, K y L?

—Bueno, no todos —dijo Sherri—. Creo que eso era solo una cosa de Los engreídos.

—Oh, sí —dijo, y su sonrisa se desvaneció al escuchar cómo los demás de la escuela le decían a su grupo.

Condujeron los pocos kilómetros en silencio hasta que llegaron al estacionamiento de asfalto del Best Western.

—Parece que hay bastante gente —dijo Sherri vacilante.

—Es prácticamente el único lugar para ir un sábado por la noche en Barrett —respondió Dylan justo cuando encontró un lugar para estacionar en la parte de atrás.

—A menos que quieras ir a Los Límites o a El Céntrico—. Miró su vestimenta y sonrió. —Estás demasiado arreglada para cualquiera de esos basureros.

—Hay un Applebee's en la ciudad —afirmó entusiasmada apuntando con su mano hacia el lado más alejado de la autopista donde se había construido el nuevo restaurante.

—Y siempre está lleno los fines de semana —resopló al salir del coche.

Dylan le abrió la puerta del coche y tomó su mano mientras atravesaban el abarrotado aparcamiento y entraban en el Best Western. Pasaron por la recepción, caminaron a través del concurrido restaurante y entraron a un espacio reservado con seis mesas redondas y ocho sillas en cada mesa.

Todas las mesas estaban llenas excepto la más alejada de la puerta. Las voces de la sala se volvieron notablemente más silenciosas cuando ella y Dylan entraron y caminaron hacia la mesa vacía. Sherri vio cómo Candi se acercaba a la mujer que estaba sentada a su lado y le susurraba algo mientras pasaban.

Esto va a ser un maldito desastre. Tal vez no sea demasiado tarde para decir que me siento mal o que me ha empezado la regla o algo así.

Dylan estaba sosteniendo la silla de Sherri mientras ella se sentaba cuando Candi caminó con pasos decididos hacia su mesa.

Y así empieza el espectáculo.

—Hice que mi madre leyera ese libro tuyo, Sherri —dijo con furia Candi— y le va a escribir a esa editorial tuya y le dirá que va a hacer una demanda por calumnia si no sacan todos los libros de las estanterías.

—Oh, ¿en serio? —le contestó Sherri mientras se ponía de pie. Le sonrió a Candi mientras se quitaba lentamente la chaqueta para mostrar sus grandes pechos y su estrecha cintura en el ajustado suéter. Le dio la espalda, se inclinó para mostrar su bien formado trasero en la ajustada falda de cuero y colocó la chaqueta sobre el respaldo de la silla.

Mira bien todo esto, vaca gorda y bocona. Tal vez deberías probar algunos de los productos de tu marido. Escuché que la metanfetamina es genial para perder peso.

—Solo es calumnia si es falso —continuó Sherri mientras se sentaba de nuevo.

—Difamación, entonces —gruñó Candi—. Me difamaste a mí, a mi familia y a todo el pueblo, Sherri.

Se inclinó sobre la mesa y entrecerró los ojos.

—Le diré a todos en la ciudad que compren ese maldito libro y que luego te demanden.

Sherri se volvió hacia Dylan y habló en voz alta.

—Seis mil ventas o más van a hacer muy feliz a mi editorial —. Levantó la mano y se frotó los tres primeros dedos con el pulgar, dedicándole el símbolo internacional del dinero.

—Eres una perra, Sherri, y te vamos a hacer pagar por ello —gruñó Candi con sus mejillas rojas.

—Candi —preguntó Sherri con una voz dulce y cariñosa—. ¿Has leído alguna vez ese pequeño párrafo legal en la portada de la mayoría de los libros que dice que el libro es una obra de ficción y que cualquier parecido con personas o lugares es una coincidencia y que es producto de la imaginación del autor?

Sherri tomó un sorbo del agua helada que la camarera acababa de poner delante de ella.

—Ese pequeño párrafo evita que la editorial y que el autor sean responsables de demandas infundadas.

—Siéntate, Candi —le ordenó Dylan—. Estás haciendo el ridículo.

—¿Yo estoy haciendo el ridículo?— le gritó en respuesta—. No puedo creer que la hayas traído aquí a nuestra fiesta. Tú eres el que queda como un maldito tonto, Dylan. Ha tenido a la mitad de los chicos de esta habitación entre sus piernas.

—Y tú has tenido la otra mitad —replicó Dylan.

—Más bien tres cuartos —dijo otra voz masculina.

Candi giró violentamente la cabeza para mirar al su marido, quien estaba de pie detrás de ella, poniéndose la chaqueta.

—Nunca he estado entre las piernas de tu linda dama, Dylan —dijo Terry Clem mientras Candi se iba caminando a pisotones por su lado. Lo fulminó con la mirada mientras se acercaba a la puerta.

—Tampoco he estado entre las tuyas desde hace mucho tiempo —le gritó a Candi mientras ella salía del espacio reservado lleno de risas de la gente en las mesas. —Y no creo que vaya a estar entre ellas por un largo tiempo después de esto—, dijo con tristeza mientras se inclinaba para recoger el bolso de Candi.

Los saludó con la mano.

—Nos vemos el mes que viene... si no me ha cortado la garganta.

Sherri vio al envejecido traficante de drogas irse y se dio vuelta mientras Dylan le tomaba la mano.

—Lo siento mucho, Dylan. No debería haber venido. Perdón si te he avergonzado delante de tus amigos.

—¿Estás bromeando? —dijo con una amplia sonrisa y le apretó la mano—. Mira a tu alrededor. Esta es una de las cosas más emocionantes que hemos tenido... en la historia.

Le dirigió una amplia sonrisa.

—Y fue a costa de la maldita Candi. Te dije que podías enfrentarte a ella cualquier día.

Se acercó y besó la mejilla de Sherri.

—Eres más inteligente que ella y siempre lo fuiste. Es lo que ella odiaba de ti.

—Supongo —suspiró Sherri y tomó otro sorbo de agua mientras miraba alrededor de la sala llena de caras sonrientes. —Solo que odio la confrontación.

Tal vez pueda sobrevivir a esto ahora que Candi se ha ido.

Ordenaron bistecs, patatas asadas rellenas y ensaladas. Sherri pidió un whisky con cola después de que Dylan ordenara whisky en las rocas. Ella bebió su trago mientras esperaban que llegara su comida y luego pidió un vaso de vino tinto dulce para acompañar su cena.

Mientras terminaban de comer sus pedazos de pastel de cumpleaños, Louis se acercó, llevando un sombrero de cumpleaños de colores brillantes en forma de cono sobre su cabeza gris.

—Hola, Sherri —la saludó con una amplia sonrisa en su rostro—. ¿Leíste el libro que te sugerí sobre Miles Tucker y su ola de crímenes aquí en el área?

—Lo leí —respondió y bebió lo que quedaba de vino—. Pero todavía tengo algunas preguntas.

—¿Sobre Tucker o sobre tu propiedad? —preguntó y dirigió la mirada a Dylan mientras este último se ponía de pie.

—Necesito otro trago —dijo Dylan, metió su silla debajo de la mesa y se alejó sin decir nada más.

¿Hice algo? Sin duda, no se avergüenza de que Louis nos vea juntos.

—Me pregunto qué le pasa —murmuró Sherri mientras veía a Dylan salir de la sala.

—Entonces todavía no te lo ha dicho —dijo Louis y deslizó sus gafas gruesas por el puente de su nariz.

Definitivamente nunca ha mencionado a Miles Tucker.

—¿No me ha dicho qué? —preguntó Sherri mientras sus ojos se dirigían hacia la puerta por la que Dylan había cruzado.

—Miles Tucker era el tío abuelo de Dylan por parte de su madre —dijo Louis inquieto—. Tucker era el apellido de soltera de su madre y Miles era su tío.

No, ciertamente nunca mencionó nada, ni siquiera cuando me vio leyendo ese libro. Me pregunto por qué. Tucker murió hace décadas.

Louis miró alrededor de la sala.

—Miles Tucker es el muerto en el placard de esa familia. Los hermanos de su madre incluso se cambiaron legalmente sus nombres de Tucker a Stuckey por vergüenza y ninguno de ellos admite ser un pariente de él.

—Oh Dios —suspiró Sherri—. ¿Por qué nunca me lo dijo? Trabajar en mi casa debe ser terrible para él. ¿Por qué aceptó el trabajo?

—Probablemente pensó que tenía que hacerlo —dijo Louis y luego se acercó a Sherri—. Escuché que Bobby hizo algunas... eh... malas inversiones —balbuceó— y que la compañía está en problemas.

—Oh, Dios —exclamó otra vez—. Espero que la compañía se mantenga solvente. Acabo de extenderles un cheque con mucho dinero para terminar la renovación de mi casa.

—Yo no me preocuparía por eso, Sherri —dijo Louis y le dio una palmadita en la mano—. Conozco a Dylan Roberts desde que estábamos en la escuela primaria y es probablemente una de las personas más responsables que conozco. Se asegurará de que tu casa quede terminada... aunque tenga que pagar y hacerlo él mismo. —Le dio otra palmada en la mano. —Ahora, ¿qué más querías saber sobre Tucker?

Sherri miró hacia la puerta pero no vio a Dylan.

—Dijiste algo antes sobre unas mujeres desaparecidas y Tucker. ¿No es así? —preguntó al mismo tiempo que se encogía de hombros. —En el libro no se menciona la desaparición de ninguna mujer relacionada a Miles Tucker. Solo hablaba de su contrabando y de los asesinatos de los hombres por los que fue juzgado y colgado.

—No me sorprende —dijo Louis largando un largo suspiro —. En aquel entonces las mujeres que estaban asociadas con un gángster como Tucker eran consideradas basura. La policía probablemente solo se encogió de hombros, pensó buen viaje a la basura y se olvidó de ellas.

—Pero las cosas han cambiado, ¿verdad? —Sherri suspiró —. Las jóvenes celebridades de hoy en día buscan pandilleros para ir a los bares. Apuesto a que si una de ellas desapareciera, la policía buscaría debajo de cada roca hasta encontrarla.

—Seguramente tienes razón, pero esas mujeres que desaparecieron en la época de Tucker eran solo chicas de campo o de familias de clase trabajadora. —Louis puso los ojos en blanco detrás de sus gafas gruesas—. Estoy seguro de que si hubieran venido de las familias de la alta sociedad del condado de Jasper, se habría prestado más atención a sus desapariciones, pero no fue así.

—Entonces las cosas no han cambiado tanto aquí en Barrett —comentó Sherri con sarcasmo—. Los que somos del campo seguimos siendo considerados inferiores a los demás.

—Me temo que probablemente tengas razón. —Miró hacia su mesa de amigos—. Será mejor que regrese —dijo mientras se ponía de pie, —pero me pondré mi gorra de investigador la semana que viene y veré qué puedo encontrar en la microficha de aquel entonces. Podría haber algo en los periódicos acerca de las desapariciones.

—Gracias, Louis, —le agradeció mientras él volvía a su mesa—. Y feliz cumpleaños.

Mientras Sherri esperaba que Dylan regresara, Connie Harris de Noticias de Barrett se le acercó para preguntarle si podía hacerle una entrevista para el suplemento del periódico del domingo y Jill Tennant, quien había abierto una pequeña cafetería y librería, le preguntó a Sherri sobre la posibilidad de conseguir algunos de sus libros para su tienda, así como la posibilidad de que viniera a hacer una firma de libros y hablar con un grupo de escritores que se reunía allí semanalmente.

—¿Ya ves? —le dijo Dylan después de que Jill se alejó de su mesa—. Te dije que todo el mundo se alegraría de verte.

—Oh —se burló Sherri—. Escribí unos cuantos libros y creen que se codean con una celebridad o algo así.—Sherri cogió el trago que él le había traído del bar y dio un gran sorbo. —No es la gran cosa.

—*Sí* que lo es, Sherri —dijo y sonrió cálidamente—. Y después de la forma en que te ocupaste de Candi frente a todos, eres una celebridad.

Puso un brazo alrededor de su hombro y la acercó a él. Sherri levantó su cara y sus labios se encontraron. Al principio fue un beso suave, pero después de que Sherri abriera su boca y le permitiera empujar su lengua más allá de sus dientes, se convirtió en algo más.

¿De verdad me está besando aquí delante de todos?

Dylan llevó su mano a la parte de atrás de la cabeza de ella y presionó su boca contra la de él. Ella, a su vez, lo rodeó con sus brazos, pasó sus dedos por su cabello y le arañó con suavidad el cuero cabelludo.

Esto es agradable, pero podría ser el resultado de todo el whisky que tomó.

La excitación recorrió a Sherri desde sus pezones hasta su clítoris. Todo comenzó a palpitar mientras sus lenguas se entrelazaban y su corazón comenzó a latir rápidamente en su pecho. Saboreó el rico caramelo del whisky añejo en su boca, y no fue desagradable.

Ha pasado demasiado tiempo desde que tuve un hombre entre mis piernas.

Sherri se apartó de Dylan cuando notó que en la sala no volaba ni una mosca. Cuando abrió los ojos, la gente de las otras mesas apartó rápidamente la vista de ellos y Sherri sintió que sus mejillas se sonrojaban de vergüenza.

—¿Acabamos de ser atrapados besuqueándonos en la biblioteca? —preguntó Dylan con una risa suave y le rozó la mejilla con uno de sus dedos.

Sherri observó maravillada sus grandes ojos marrones, ambos rodeados de gruesas y oscuras pestañas. Seguía siendo el chico más guapo de su clase.

—Algo así, creo —susurró con una sonrisa en los labios.

No puedo creer que esté en una cita con Dylan Roberts y todo el mundo lo sepa.

—¿Quieres salir de aquí? —preguntó él y con su pulgar le limpió una mancha de lápiz labial corrido de su labio superior.

—Por favor —suplicó mientras ponía los ojos en blanco.

Dylan sostuvo su silla mientras ella se paraba y la ayudó a ponerse la chaqueta. Se inclinó y le susurró al oído mientras ella abotonaba su chaqueta.

—Eres la mujer más hermosa aquí esta noche, Sherri, y estoy orgulloso de que seas mi cita.

Oh, Dios mío. Es tan dulce. No puedo creer que me haya dicho eso. Tal vez no ha estado entre las piernas de nadie durante un largo tiempo y está tratando de quedar entre las mías. Creo que lo va a lograr.

Él tomó su mano y caminaron hacia la puerta.

—Oye, Dylan, dale un golpecito a eso por mí esta noche, ¿quieres? —dijo una voz masculina mientras pasaban por la mesa donde Candi y su esposo habían estado sentados. Una voz femenina lo regañó, sin embargo, el hombre continuó.

—Estaba bastante apretada, según recuerdo, y podía hacerlo una y otra vez durante toda la noche, chillando como un cerdito con cada golpe.

Dylan le apretó la mano, miró hacia abajo y le dijo:

—No dejes que Alan Parker te afecte. Es un maldito borracho.

—Lo sé —suspiró Sherri— pero ni siquiera me lo he follado.

—Lo sé y todos los demás también —dijo Dylan y acercó su mano a sus labios carnosos y cariñosos—. Alan es una leyenda en su propia mente.

Era un imbécil en el instituto y sigue siendo un imbécil. ¿Por qué algunas personas no pueden crecer nunca?

Salieron del edificio y Sherri se alivió cuando el aire fresco y húmedo le golpeó la cara. Dylan continuó sosteniendo su mano mientras caminaban hacia el coche.

Esto se siente tan bien. No he tenido una cita en mucho tiempo.

—Creo que va a llover —dijo Dylan y señaló las densas nubes que tapaban la luna.

—Supongo que será mejor que me vaya a casa antes de que mi carroza se convierta en una calabaza —agregó Sherri y sonrió en la noche nublada.

—Espero que no —dijo Dylan mientras abría la puerta y ella se deslizaba hacia el interior frío del coche—. Si vuelvo con el BMW naranja, Bobby se va a cabrear.

9

Dylan se tomó su tiempo mientras conducía de vuelta a casa de Sherri con la radio a todo volumen sintonizada en la emisora de rock clásico. Enormes gotas de lluvia comenzaron a caer sobre el parabrisas a medida que pasaban por el pequeño bar a las afueras de Barrett llamado Los Límites, por lo cual Dylan encendió los limpiaparabrisas.

Se rieron cuando intercambiaron historias sobre lo que les había sucedido al escuchar por primera vez una canción en particular.

Demonios, puede hacerme reír como si fuera un niño otra vez con sus historias divertidas.

Después de que Dylan detuvo el coche, apagó el limpiaparabrisa, el motor y se deslizó por su asiento para acercarse a Sherri. La gaveta central dificultó su movimiento, pero él quería recibir otro beso y tal vez, si tenía suerte, un poco más de la mujer bonita.

Puede que no haya conseguido un poco de ella durante el instituto, pero la tengo aquí esta noche. Ella sin duda me excita.

El beso en el restaurante había provocado en Dylan algo que no había sentido en mucho tiempo con una mujer. Deseaba esta mujer más de lo que había deseado a cualquier otra en mucho tiempo. Si jugaba bien sus cartas, tal vez ella le daría algo esta noche. Se acercó a Sherri y la besó de nuevo.

La idea de deslizarse entre esas piernas largas y bien definidas hizo que su pene comenzara a hincharse dentro de sus pantalones vaqueros. Dylan encontró el dobladillo de su suéter y deslizó su mano dentro para tocar su piel cálida y suave. Sherri no se apartó y Dylan lo tomó como una invitación para continuar.

Siempre tuvo las tetas más bonitas.

Se acercó a su pecho y deslizó sus manos dentro de su sostén hasta encontrar un pezón duro. Sherri suspiró mientras él pellizcaba y retorcía el pequeño y sólido pezón y deseaba que lo tuviera en su boca.

Mi puta polla va a explotar en un minuto. Me pregunto si...

Deslizó la mano que no tenía ocupada por sus piernas y subió hasta llegar a la parte superior de las medias que le llegaban hasta el muslo. Continuó a lo largo de la parte interior de su muslo hasta que encontró carne cálida. Pronto sintió pelo áspero, humedecido con fluidos y se detuvo.

¡No está usando ropa interior! Joder, eso es muy excitante. Con medias y sin bragas. Es como el mejor sueño pornográfico de la historia.

Dylan avanzó un poco más con su mano hasta que sus dedos se enredaron en el pelo húmedo entre las piernas de Sherri. La besó más fuerte y apretó el pezón entre su dedo pulgar y el índice. Ella gimió y se estremeció de placer.

Metió su dedo en su coño y estaba húmedo. Antes de deslizarlo por completo dentro de ella, encontró su clítoris y lo masajeó suavemente. Las piernas tensas de Sherri se relajaron y Dylan metió y sacó su dedo de su caliente y húmedo coño.

Oh, joder Es muy ardiente y está mojada. Me pregunto si puedo hacer que se corra solo con mis dedos.

La actitud de Sherri reforzó su confianza e incentivó a Dylan. Levantó el suave suéter, tiró de su sostén, liberando sus hermosos pechos.

Se inclinó con incomodidad sobre la gaveta central para morder suavemente con sus dientes el pezón duro y chuparlo con la lengua, jugueteando sobre él. Dylan deslizó el dedo dentro y fuera de ella a un ritmo lento y constante, asegurándose de presionar su hinchado clítoris cada vez que pasaba por encima. Sherri jadeaba y gemía cada vez que lo hacía.

Tengo tantas ganas de follarla. Quiero sentir ese coño envuelto alrededor de mi polla y quiero llenarla de semen.

Sherri no paraba de jadear y de gemir ya que él no dejaba de prestarle atención a sus duros pezones y a su clítoris hinchado. Él tomó la mano de ella y la apoyó en sus pantalones vaqueros encima de su erección palpitante. Con habilidad, desabrochó su cinturón, tiró del botón, bajó la cremallera de sus vaqueros y sacó su polla dura.

No sé si puedo hacer que ella se corra, pero sé que todo lo que ella tendrá que hacer es acariciar mi pene un par de veces para hacerme eyacular por todo el maldito coche.

—Esto es agradable —susurró Sherri y comenzó a acariciar su erección con sus cálidos y suaves dedos—. Ya quiero sentirlo dentro de mí, Dylan.

Dylan gimió en sus pechos mientras ella pasaba las uñas suavemente sobre su dura y palpitante polla. Él le mordió el pezón más fuerte de lo que pretendía y Sherri soltó un gritó.

—Lo siento —murmuró mientras besaba suavemente el pezón mojado.

—Está bien —suspiró y comenzó a mover sus caderas para reunirse con su dedo.

Oh, joder. Eso me excita mucho.

Dylan levantó la perilla de su asiento y lo deslizó hacia atrás. Tomó sus caderas y con todas sus fuerzas, levantó a Sherri de su asiento y la colocó sobre la gaveta central. Ella levantó su falda por encima de sus caderas y de alguna manera se las arregló para pasar su pierna derecha por encima del volante para poder sentarse a horcajadas sobre el regazo de Dylan y su pene erecto.

Ambos gimieron cuando ella descendió sobre su palpitante pene, metiéndolo dentro de ella. La cremallera áspera de su pantalón se clavó en la carne de él mientras Sherri bajaba sobre su polla en toda su longitud.

Mierda, se siente tan bien.

—Fóllame bien, nena —gimió—. Realmente lo necesito.

Mierda, está apretada, y está tan mojada.

—Yo también lo necesito —suspiró Sherri y echó la cabeza hacia atrás—. Ha pasado demasiado tiempo.

Dylan la rodeó con el brazo y empujó el volante, así ella tenía más espacio. Luego, Sherri puso sus manos sobre los hombros de él para levantar sus caderas y moverse con su coño arriba y abajo sobre la palpitante polla.

Joder, lo hace muy bien y sus tetas son fantásticas.

Él atrapo uno de sus pezones con su boca y lo chupo, haciendo que Sherri jadeara y apretara los músculos de su coño alrededor de su polla excitada.

Joder, ninguna mujer le había hecho eso a mi polla. Todo esto es tan excitante; follándola en mi coche en la maldita entrada de su casa. Somos como un par de adolescentes en un sábado por la noche. Mierda, me voy a correr.

—Me voy a correr, nena —jadeó—. No puedo aguantar mucho más.

Sherri gimió y aceleró su ritmo.

—Sí, yo también. —Le clavó las uñas en los hombros y Dylan sintió cómo el cuerpo de Sherri se tensaba.

—Oh, joder —gimió Sherri, y Dylan sintió cómo su coño apretó su polla de nuevo y luego comenzó a latir.

—Siiii —gimió ella mientras se corría.

Esto es muy excitante. Nunca antes había experimentado algo así. Nunca.

El coño apretado y palpitante, junto con su gemido, excitó a Dylan, por lo que él le apretó las caderas con las manos y su cuerpo se arqueó mientras su semen salía disparado dentro de ella.

—Vaya, siiii—, gimió y echó la cabeza hacia atrás contra el asiento—. Joder, eso sí que se sintió bien.

Dylan rodeó con sus brazos el cuerpo de Sherri, ignorando sus ropas revueltas que estaban amontonadas alrededor de su cintura, y la acercó hacia él. Descanso la cara entre sus pechos y sintió su corazón latiendo bajo la mejilla. Quería reír, y quería llorar.

No he tenido tanta diversión con una mujer desde hace mucho tiempo.

Sherri se echó hacia atrás y apoyó su espalda contra el volante. Ella lo miró fijamente a la cara y sonrió.

—Esto probablemente hubiera sido mucho más cómodo en mi cama.

—No —dijo y le apretó una de las mejillas del trasero— esto fue absolutamente perfecto.

Dejó escapar un largo suspiro.

—Si hubiera sabido que eras tan buen polvo, te habría dado una oportunidad en el instituto.

La sonrisa se desvaneció de la cara de Sherri y la ira brilló en sus ojos verdes. Rodó fuera de su regazo y volvió al asiento del pasajero. Acomodó su suéter por debajo de sus pechos y se bajó la falda de un tirón.

Mierda. Soy un idiota. Eso no sonó para nada bien.

Sherri tomó el bolso del piso del coche, abrió la puerta y, acomodando su ropa desordenada, se bajó del coche bajo una lluvia torrencial.

—Lo siento, Sherri —le gritó— eso no sonó nada bien.

—Sí, tienes razón —le replicó con furia y le cerró la puerta en la cara.

¡Puta madre! Soy un idiota. ¿Debería ir tras ella e intentar explicarle lo que quise decir?

Ya en el porche, Sherri buscó a tientas la llave para abrir la puerta. Dylan abrió la puerta del coche, pero cuando estaba a punto de salir a la lluvia, ella dio un portazo y apagó la luz del porche.

Probablemente sea una buena señal de que ella no quiere volver a ver mi cara esta noche... o ninguna otra. Soy un maldito imbécil.

10

Sherri irrumpió en la casa mientras la fría lluvia aplastaba su pelo revuelto y el cálido semen de Dylan corría por sus piernas.

Ese hijo de puta no ha cambiado en absoluto. Sigue siendo el mismo maldito imbécil que era en la escuela.

Se secó las lágrimas de frustración junto con las gotas de lluvia de sus ojos mientras buscaba a tientas la cerradura. Cuando Sherri abrió la puerta de entrada, escuchó que la puerta del coche de Dylan se abría detrás de ella. Se apresuró a entrar, dio un portazo y apagó la luz del porche.

Ya he terminado con los hombres. Terminaré con el proyecto de la casa y me concentraré en mi escritura. Los hombres que necesito en mi vida son los que están en mis libros.

Dentro de la casa, Sherri derramó más lágrimas mientras dejaba caer su bolso en el sillón y se quitaba la chaqueta mojada. Caminó dando pisotones hacia el baño, quitándose el suéter por encima de la cabeza en el camino. Lo tiró en una esquina y se sentó en el inodoro para poder bajar la cremallera de sus botas de gamuza mojadas.

Sherri se quitó las medias y las tiró junto con su liga al suelo al lado del suéter. Más lágrimas corrieron por sus mejillas mientras limpiaba el semen de Dylan de su entrepierna.

¿Cómo pude ser tan estúpida para pensar que ese pendejo estúpido se había convertido en un ser humano decente?

Sherri se paró frente al espejo y miró su cara llena de maquillaje corrido. Se quitó las horquillas del pelo. Sus rizos rojos cayeron en cascada sobre su cara y Sherri los apartó para quitarse los pendientes. Los dejó caer en el fregadero; luego se quitó el reloj y lo colocó junto a los pendientes.

Qué noche tan horrible. ¿Cómo pude ser tan tonta?

Sherri abrió la ducha, esperó a que se calentara el agua, y luego se metió bajo el chorro caliente. Levantó la cara para permitir que el agua lavara lo que quedaba de su maquillaje que había sido aplicado cuidadosamente.

Que desperdicio. Debí haberme quedado en casa con mi portátil y tener un día productivo. Lo único que logré esta noche fue aumentar mi ya mala reputación.

Disgustada consigo misma, Sherri tomó un paño y lo frotó entre sus piernas, como si solo limpiando el semen de Dylan Roberts, lo borraría de su corazón y de su mente.

Estaba demasiado alterada para dormir después de la ducha, por lo que Sherri se dirigió al sofá y abrió su portátil. Cerca de la medianoche, Sherri ya había terminado de escribir dos capítulos más y había matado a dos personajes secundarios masculinos de una manera espantosa.

No debería escribir cuando estoy cabreada.

Sonrió con maldad mientras cerraba su portátil, la dejó a un lado y luego se fue arrastrando los pies hasta el dormitorio y se metió entre las sábanas. Sus ojos palpitaban por el llanto y su vagina palpitaba por todo el ejercicio que había hecho con Dylan.

Odio haber disfrutado tanto.

Sherri se despertó tarde a la mañana siguiente. Se levantó y se fue tambaleando hacia la cocina donde empezó a preparar una cafetera con café fuerte. Tenía la intención de pasarse el día escribiendo.

Estaría tranquilo sin la cuadrilla de albañiles martillando por toda la casa, por lo que pretendía escribir unos cuantos miles de palabras antes de que terminara el día. Sherri también esperaba que escribir evitara que su mente regresara a Dylan y a la noche anterior.

Solo quiero sentarme aquí, entrar en mi propio mundo y olvidarme de la noche anterior por un rato.

Llevó su café y su computadora portátil completamente cargada al porche, donde el sol de la mañana brillaba sobre la hierba húmeda. La mañana de otoño era cálida, lo cual provocó que la neblina se elevara y desapareciera de los campos alrededor de su propiedad. Mientras tomaba a sorbos su café, Sherri disfrutaba de la hermosa y tranquila mañana.

Los crisantemos de color rojo y dorado florecían en los campos alrededor del patio y la hierba aún no había empezado a marchitarse. Las hojas de los robles y nogales de los bosques cercanos se estaban tornando color amarillo y rojo.

Pronto caerían al suelo del bosque a medida que se acercara noviembre.

Sherri vio una cosechadora de maíz en uno de los campos al otro lado del valle. El granjero debe haberse apresurado a cosechar su campo por miedo a no poder hacerlo debido a las lluvias de la noche anterior.

Su teléfono no dejaba de sonar con mensajes de texto, y ella sospechaba que eran de Dylan. Los ignoró. Él le había enviado varios la noche anterior, pero ella no los había respondido y tampoco tenía intención de hacerlo.

No tengo intención de escuchar sus estupideces.

Para cuando su computadora le avisó que solo le quedaban diez minutos de batería, Sherri había escrito más de diez mil palabras y cuatro capítulos muy jugosos. Había resucitado a uno de los personajes que había matado la noche anterior, pero lo mató de nuevo de otra manera aún más espantosa que involucraba a una cosechadora de maíz.

No debería escribir cuando estoy cabreada.

11

El lunes por la mañana, la cuadrilla llegó sin su supervisor.

¿El hijo de puta está demasiado avergonzado para enfrentarme ahora?

—¿Dónde está Dylan? —preguntó Sherri casualmente cuando salió al porche con su portátil y una taza de café.

—Recibió una llamada de su hija y tuvo que hacer un viaje de emergencia a Mississippi —respondió Jeremy—. Volverá a finales de esta semana. —El joven sonrió y añadió— Me puso a cargo hasta entonces. Pat y Mike van a empezar con el techo y yo y los demás vamos a empezar a quitar el Celotex.

Eso va a ser un desastre.

—¿Necesito hacer algo dentro antes de que empieces con eso? —preguntó Sherri, preocupada porque sabía que sus abuelos habían llenado el ático de la vieja casa con aislante a mediados de los años ochenta.

—No —respondió Jeremy con una amplia sonrisa— trajimos lonas para cubrir todo. Desapareció luego de entrar en la casa y Sherri lo siguió para guardar su tostadora, limpiar los platos del lavabo y meter su cafetera en el hueco debajo de la alacena colgante.

Habían quitado el revestimiento de teja marrón del interior de la casa, dejando al descubierto troncos de madera gris plateada con una sustancia parecida al cemento entre ellos. Aparte de los ventanales, las puertas y el techo modernos, la casa ahora parecía una cabaña de troncos. Ahora, algunos de los hombres estaban bajando las escaleras extensibles para subir al techo y comenzar a retirar las viejas tejas.

La semana anterior habían traído paneles aislantes de metal verde que se instalarían tan pronto como se quitaran las tejas viejas y se inspeccionara la superficie en busca de puntos débiles y fugas. Se esperaba que las nuevas ventanas y las puertas llegaran pronto, junto con las contraventanas verdes que combinarían con el techo.

Sherri regresó a la hamaca del porche envuelta en un suéter grueso para contrarrestar el frío de la mañana y revisó su correo electrónico. Frunció el ceño cuando vio uno de Dylan, pero lo abrió.

Perdóname por lo que dije la otra noche, Sherri. No te culpo si estás enfadada. Lo creas o no, lo dije como un cumplido. Ese fue el mejor momento que he tenido en mucho tiempo. Fue espontáneo y excitante. Me hiciste sentir como un adolescente excitado otra vez. Espero que puedas perdonar la mierda que dije.

Debo hacer un viaje al sur. Mi nieto se cayó de su bicicleta y se rompió el brazo. Hay que operarlo y mi hija quería que yo estuviera allí con ellos. Por favor, dime que me perdonas.

Dylan

Sherri puso los ojos en blanco y suspiró, sin saber si aún estaba de humor para perdonarlo. Revisó el resto de su bandeja de entrada, borrando la mayoría de los correos sin abrirlos. En lugar de entrar a su cuenta de Facebook, fue directamente a su manuscrito.

Tras leer y editar lo que había escrito durante el fin de semana, se sintió satisfecha con su progreso en el nuevo proyecto. Escribir sobre el género paranormal era algo nuevo, sin embargo lo estaba disfrutando.

A diferencia de la ficción histórica que había estado escribiendo, tenía que hacer muy poca investigación y podía dejar volar su imaginación. Sus recientes experiencias con lo sobrenatural le dieron un punto de referencia y el resto, lo sacó de viejas películas que había visto o de libros que había leído.

Al enviarle los capítulos a Inga, recibió solo críticas positivas y elogios acerca de lo escalofriante que eran.

¡Sigue así y tendremos contratos con Hollywood en el futuro!

Sherri dudaba de eso, pero era agradable oírlo. Lo que ella realmente quería era poder identificar su nombre con la leyenda «autora de éxitos en ventas». ¿No es lo que quieren todos los escritores?

A medida que el día transcurría, Sherri decidió hacer un viaje a Barrett. Necesitaba unos cuantos víveres y el ruido de la construcción estaba empezando a ponerla nerviosa.

—Voy a la ciudad —le avisó a Jeremy cuando este comenzaba a subir la escalera para inspeccionar el trabajo en el techo.

—Ah —exclamó y se detuvo a mitad de la escalera—. Dylan me dijo que te dijera que, si ibas a la ciudad, revisaras la parte de atrás de la tienda *New Again*.

—¿Por qué? —le preguntó.

New Again era una tienda de antigüedades que había abierto en el viejo edificio de autopartes *Western Auto* en Barrett.

—Ni idea —Jeremy se encogió de hombros.

¿Y ahora qué?

Sherri condujo hasta la ciudad, encontró lo que necesitaba en el supermercado y luego condujo hasta el edificio de ladrillos que una vez albergó el *Western Auto*. Su abuelo había comprado todo su equipo allí y le trajo buenos recuerdos. Un letrero de madera estarcido con la leyenda "Antiguedades New Again" había sustituido el vidrio rojo que recordaba haber visto en su infancia.

El abuelo amaba esta tienda cuando era el Western Auto.

Dentro, los estrechos pasillos estaban colmados de antigüedades y objetos de colección. Sherri no podía ver el piso de baldosas blancas y negras que recordaba por las manchas de suciedad. Pensó que el hombre que alguna vez manejó la tienda de autopartes se horrorizaría al verlo. La tienda que Sherri recordaba siempre había estado limpia y ordenada, con pisos brillantes, pulidos y pasillos espaciosos.

Tampoco huele igual. Este lugar siempre olía un poco a gasolina y a grasa debido al mecánico que trabajaba en la parte de atrás. Ahora huele a muebles mohosos y a palomitas de maíz.

—¿Puedo ayudarla en algo? —preguntó un joven con sobrepeso y una sonrisa de aburrimiento. Estaba sentado en una vieja silla de oficina detrás de un exhibidor de vidrio lleno de un colorido surtido de antiguos señuelos y corchos de pesca.

—Voy a echar un vistazo, si le parece bien —dijo Sherri devolviéndole la sonrisa.

—Siéntase como en casa —dijo sin mucho entusiasmo—. Si necesita algo solo pegue un grito e iré corriendo.

Sí, apuesto a que lo harás.

Sherri puso los ojos en blanco al pasar por el mostrador y sospechó que el desaliñado joven no había corrido por nada en mucho tiempo.

Caminó por la desordenada tienda hasta que llegó a la parte de atrás donde los muebles antiguos estaban amontonados descuidadamente.

A este lugar le vendría bien alguien con algo de experiencia en mercadeo. Tienen algunas cosas geniales, pero no puedes verlas.

A medida que rodeaba una mesa de comedor de roble con sillas que no combinaban, Sherri se quedó boquiabierta. Al lado de la puerta que daba a las viejas áreas de servicio, estaba el artículo que sin duda Dylan quería que viera. Era una estufa a leña con un acabado esmaltado de color azul turquesa medio verdoso. Al acercarse, Sherri vio que había sido modificada para que funcionara con gas.

Una etiqueta blanca colgaba del asa del horno y la giró dubitativamente para ver el precio. Sherri lanzó un largo suspiro cuando vio escrito «$300» en tinta negra.

Es absolutamente perfecto. Este azul verdoso se verá muy bien con el amarillo pálido que planeaba usar en las paredes de la cocina que no son de madera.

—¿Encontró algo de su agrado? —preguntó el joven, sorprendiendo a Sherri, que estaba absorta, inspeccionando la estufa—. Está certificada por nuestro chico de los electrodomésticos como segura para ser usada. Solo tienes que tener el conducto de gas adecuado.

Sherri levantó la etiqueta y levantó una ceja.

—¿Qué tan firme estás con respecto a este precio?

—Depende de qué más vayas a comprar —dijo con una sonrisa astuta y un guiño.

—Entiendo —respondió ella—. Voy a mirar un poco más.

Cuando Sherri pasó su tarjeta por trescientos dólares incluyendo impuestos, había comprado la estufa, un artefacto de iluminación de tono cobre con bombillas de huracán blancas para colgar sobre la mesa de la cocina, dos lámparas altas de huracán adaptadas para funcionar con electricidad, un juego de hogar de hierro fundido que incluía un guardafuegos pintado, y una pintura al óleo de una cabaña con dos chimeneas.

Al ver el cuadro, Sherri pensó que podría haber sido su cabaña en sus comienzos. Un porche cubierto recorría la parte delantera de la cabaña y un gato atigrado amarillo estaba acurrucado en una mecedora rudimentaria.

Esto se verá muy bien en la pared encima del sofá.

—Voy a necesitar que me envíen la estufa —dijo Sherri mientras guardaba su tarjeta de crédito en su billetera.

—La entrega cuesta unos cincuenta dólares extra —dijo el joven.

—¿En serio? —Preguntó Sherri irónicamente—. Estoy llevándome todas estas otras cosas hoy.

—Está bien —suspiró y garabateó «Entrega incluida» en el recibo generado por su computadora—. Pero no puedo garantizarle que llegue antes del fin de semana.

—No hay problema —le dijo— de todos modos, mi casa es un desastre en este momento por la construcción. Si llega la semana que viene sería genial —dijo Sherri mientras recogía sus compras para guardarlas cuidadosamente en su coche.

Mientras salía de la ciudad, su teléfono sonó. Era Dylan. Por un momento pensó en tocar «ignorar», o simplemente dejarlo sonar, pero contestó.

—Hola.

Ni siquiera sé por qué le estoy respondiendo...

—Hola, Sherri —contestó Dylan vacilante—. ¿Me perdonas por ser tan idiota?

—Supongo que tengo que hacerlo después de que encontraste la estufa perfecta para mi cocina.

—Pensé que te gustaría. ¿Cuánto te cobró Kenny? —preguntó entre risas.

—Bastante menos que la etiqueta considerando todo lo demás que compré.

—Eso es bueno —dijo con asombro—. Acabo de hablar con Jeremy y están a punto de terminar por hoy. Recogieron y embolsaron todo el papel aislante del suelo junto con los ratones muertos y sus excrementos.

Genial, me voy a encontrar con un lío asqueroso cuando llegue a casa.

—Qué asco —dijo Sherri arrugando su nariz—. La abuela siempre odió a esos bichos y tenía trampas para ratones por todas partes.

—Los ratones son un problema en las casas del campo —dijo—. El hantavirus no es común por aquí, pero si yo fuera tú, trapearía y limpiaría todo con un buen desinfectante solo para estar seguro.

—Oh, genial —gimió Sherri—. Tendré que dar la vuelta y volver al supermercado.

—Ve a la ferretería Ace —sugirió Dylan—. Tienen algunas cosas de alta calidad que son mejores que cualquier cosa que encuentres en una tienda de comestibles.

Sherri se detuvo en un estacionamiento para poder dar la vuelta.

—Lo haré —respondió—. ¿Cómo está tu nieto?

—Salió airoso de la cirugía. Tuvieron que ponerle un clavo en la muñeca.

—¿Y tu hija? —Sherri añadió—. ¿Cómo está ella?

—La típica mamá gallina que revolotea sobre sus polluelos —suspiró—. Carla Jean no se ha apartado de su lado y amenaza con tirar la bicicleta de Kyle al basurero por tratar de saltar las zanjas con ella.

—Oh, Dios —exclamó Sherri con una sonrisa en sus labios —. No se alegrará con esa noticia.

Hablar con él fue una mala idea. Extrañaba hablar con él.

—No, no lo hará —respondió Dylan con una risa sincera—. Me temo que mi nieto se parece demasiado a mí. Disfruta de vivir en el lado salvaje un poco demasiado para el gusto de su madre. Definitivamente es un machote.

Sherri reconoció el orgullo en la voz de Dylan junto con un poco de anhelo.

—Echas de menos pasar tiempo con él.

—Sí —suspiró—. Desearía que no estuviera a seis horas de distancia y me arrepiento de no tener un lugar propio para poder traerlo durante sus vacaciones escolares. Quisiera poder llevarlo a pescar y a cazar. A él le gustaría eso.

—Apuesto que sí —opinó Sherri mientras entraba al estacionamiento de Ace. —Bueno, estoy en Ace. Hablaré contigo más tarde, Dylan.

—¿Sherri?

—¿Sí?

—Siento mucho lo que dije la otra noche —dijo en tono de disculpa—. Y lo disfruté más de lo que te puedes imaginar.

—Yo también lo disfruté, Dylan —le admitió con incomodidad.

¡Mierda!

—¿Me dejarás llevarte a cenar este fin de semana para compensar mi bocaza? —preguntó titubeante.

Una sonrisa se formó en el rostro de Sherri.

—Supongo que estás perdonado.

—Gracias, Sherri. Te veré en unos días.

12

Sherri compró un buen desinfectante y mientras recorría la ferretería, se le ocurrió una idea. Alquiló una lijadora de pisos de madera y compró los potentes químicos que necesitaba para quitar la pintura de sus pisos junto con ocho litros de sellador de poliuretano y los rodillos para aplicarlo.

Puedo hacerlo. Estoy cansada de estar sentada mientras todos los demás trabajan.

Debajo de la vieja alfombra habían encontrado pisos de madera y machimbre cubiertos con varias capas de pintura esmaltada. Sherri recordaba vagamente haber visto los pisos de madera antes de que la alfombra fuera colocada en los años setenta y esperaba que quedaran hermosos una vez que quitaran la pintura para dejar al descubierto la madera desnuda.

Dylan propuso poner baldosas que parecieran de madera, pero ¿qué es mejor que la madera real? Creo que quedará mejor y creo que puedo hacerlo. Me hará sentir que estoy colaborando un poco en este proyecto y no simplemente quedándome de brazos cruzados mientras otros hacen todo el trabajo.

Ella había ayudado a su abuelo a despintar, lijar y repintar el porche cada primavera, y Sherri estaba segura de que podría encargarse de los pisos de la casa por las tardes mientras los hombres no estaban y trabajaban en otros proyectos.

El hombre de la ferretería Ace había cargado la pesada y extraña máquina en la parte trasera del auto de Sherri mientras ella hacía espacio para sus otras compras. En un pasillo con artículos en oferta, había encontrado un cojín con una funda a cuadros roja para muebles de exterior que quería para su hamaca y también lo puso en el coche.

Sin duda mi trasero va a agradecerlo.

Se dirigió a su casa de buen humor con la radio reproduciendo canciones de rock clásico. Su estado de ánimo mejoró aún más cuando giró en la entrada y se encontró con que los nuevos muebles de baño estaban siendo descargados de un camión y apilados en el porche listos para ser instalados.

¡Adiós a la vieja y fea bañera rosa! No puedo esperar a que te vayas.

La semana anterior, Jeremy y uno de los otros hombres habían quitado cuidadosamente con martillos y cinceles los azulejos de cerámica rosados y negros del piso y de las paredes del baño. Sherri ahora esperaba con ansias que quiten los muebles a juego.

Adiós, I Love Lucy y hola Downton Abbey.

Esperaba con ansias ver en su baño la bañera blanca con patas de garra, el lavabo con pedestal y el inodoro con su tanque de descarga de roble. Planeaba revestir las paredes con paneles de madera y alicatar el piso con azulejos de cerámica que parecieran tablas de madera ya que habían encontrado madera contrachapada debajo de los azulejos.

El baño terminaría siendo más de estilo victoriano que de la época de los pioneros, pero Sherri no quería recurrir a una letrina o a un cubo de madera para mantenerse fiel a la época. Tampoco se veía a sí misma bañándose en un barril cortado, o pasar días sin ducharse.

No veo la hora de que me instalen mi nuevo baño. Va a quedar hermoso.

Ya había guardado los víveres en las alacenas y en el refrigerador en el momento que los muebles del baño ya estaban apilados ordenadamente en el porche, listos para ser instalados. Le sonrió dulcemente al conductor mientras bajaba la lijadora desgarbada del coche de Sherri y la llevaba a la casa.

Para las nueve y media ya había barrido los pisos, limpiado con el desinfectante, y había pasado un trapo a todas las superficies de la casa y además, aspirado sus muebles.

Aunque una lona cubría su cama, Sherri lavó sus sábanas y pasó la aspiradora por su colchón. No quería correr ningún riesgo con el hantavirus o con cualquier otro virus que portaran los roedores muertos y los excrementos que estaban en el ático.

Ahora huele como un maldito hospital aquí, pero es mejor que el olor a ratón muerto que sentí cuando entré.

Esa noche, Sherri se metió en la cama exhausta. No encendió el televisor y se durmió apenas su cabeza tocó la almohada.

La despertaron voces fuertes en la sala de estar. Sherri se sentó en la cama. Por un momento su corazón latió con fuerza, pero se estaba acostumbrando a estas interrupciones nocturnas. Respiró hondo antes de apartar las sábanas. Se deslizó fuera de la cama y se acercó de forma sigilosa hasta la puerta tenuemente iluminada.

¿Y ahora qué mierda está pasando ahí dentro? Esto está empezando a volverse costumbre.

Sherri se detuvo y miró fijamente la sala de estar. Era la sala de estar cambiada y Molly estaba allí con un hombre. Llevaba el vestido azul de cuentas que Sherri le había visto antes. El hombre llevaba pantalones de franela oscuros y una musculosa blanca. Sus abultados músculos resplandecían en la tenue luz de una lámpara de huracán que estaba sobre una de las mesas.

—¿Es un buen polvo, Molly?

Un hombre alto y musculoso de pelo oscuro le gritó mientras empujaba a la pequeña mujer rubia contra la pared.

Qué imbécil.

Sherri se sorprendió de poder escuchar los pensamientos de la chica en su cabeza. Eso nunca había sucedido antes. ¿O sí? Sherri estaba confundida. Toda la situación la confundió. Se puso una mano en la cabeza y se frotó las sienes palpitantes.

Tengo que ir a un médico. Apuesto a que tengo un maldito tumor cerebral o algo así.

—Miles, es mi maldito primo Louie —le gritó ella escapándose de su agarre—. Pero él probablemente me follaría mucho mejor que tú en estos días —le respondió entre dientes fulminándolo con la mirada—. No se pasa toda la noche bebiendo ginebra y probablemente podría mantenerla dura hasta que yo termine. No piensa en sí mismo todo el tiempo como tú.

No me importa si eso lo hace enojar. Es un celoso asqueroso que me saca a rastras del bar Speak solo porque saludé a mi maldito primo.

—No seas una puta boca suelta, Molly —le gritó y la abofeteó fuerte.

Sherri sintió la bofetada como si le hubieran pegado en su propia mejilla y se llevó su mano a la cara. Desorientada, miró al otro lado de la habitación. Las paredes estaban cubiertas con el papel azul y rosa como si hubiera sido la misma noche en que tuvo la visión de Molly y las dos mujeres junto al piano.

¿Esta es otra visión o es un sueño? Creo que necesito hablar con un médico.

Sherri escuchó la voz de Molly en su cabeza otra vez.

Solo quédate callada y mira, muñeca. Necesitas ver esto. Todo esto. Es importante.

—Si tu pequeño y pobre pito se quedara duro por más de un minuto —le replicó Molly al hombre de la mirada amenazadora— tal vez mi coño no estaría tan triste, Miles.

—No deberías haber dicho eso, Molly —gritó el hombre de gran contextura, mirando a la rubia con los puños cerrados con rabia.

Sherri se frotó sus sienes palpitantes.

Reconozco esa voz. La he escuchado antes.

Sherri se quedó sin aliento cuando Miles sacó una navaja de su bolsillo, mostró la brillante hoja, y la pasó por la expuesta y blanca garganta de Molly.

La chica no supo lo que él había hecho hasta que sintió como limpiaba la hoja de su navaja en su vestido azul antes de cerrarla y dejarla caer en el bolsillo de su suelto pantalón de franela.

¿Qué mierda, Miles? ¿Por qué lo hiciste? Ahora la sangre se va a derramar sobre mi vestido nuevo. Nunca podré quitar las manchas.

Horrorizada, Sherri vio cómo la chica se llevó la mano a la garganta y cómo se abrían sus ojos de par en par al ver la sangre roja y brillante que corría por sus dedos. La boca de Molly se abrió y Sherri observó cómo sus labios formaban palabras que no llegaban a oírse. Sabía que le había cortado las cuerdas vocales con la afilada hoja y ya no podía hablar.

¿Qué hiciste, Miles? ¿Por qué lo hiciste?

Molly levantó su brazo con frustración y la sangre dibujó un arco en el papel tapiz encima de su temblorosa cabeza rubia. Miles salió furioso de la habitación y escuchó el portazo de la puerta trasera. Volvió a entrar con una palanca de hierro en una de sus grandes manos y un martillo en la otra.

Por un minuto, Molly pensó que iba a golpearla, pero desapareció al entrar en el oscuro dormitorio y una sensación de alivio la invadió.

¿Qué estás haciendo ahí dentro, Miles?

Del dormitorio, se oyó el ruido de los muebles que se movían.

¿Por qué estás moviendo los malditos muebles, Miles? Acabo de reacomodar y limpiar todo allí dentro. Será mejor que lo pongas todo como lo tenía.

La cabeza de Sherri comenzó a dar vueltas, pero sabía que era la cabeza de la chica la que daba vueltas por la cantidad de sangre que estaba perdiendo. No podía apartar la vista de Molly, que se había deslizado por la pared hasta sentarse en el suelo. La sangre corría entre sus pechos, la tela azul del vestido corto estaba empapada, y la sangre se acumulaba en un charco en el suelo a su alrededor.

Así que esto es lo que te pasó, Molly. Miles Tucker te cortó la garganta y te desangraste en el suelo junto al piano.

Se escucharon ruidos de madera siendo arrojada al piso en el dormitorio y luego la pesada palanca de metal golpeando el suelo. Luego, Miles Tucker entró en la sala y recogió a Molly suavemente con sus musculosos brazos.

—Desearía que no me hubieras obligado a hacer esto, muñeca Molly —dijo él delicadamente contra sus rizos dorados—. Ahora puedes unirte a las otras putas sabelotodo.

Tengo tanto sueño, Miles, y frío. ¿Me estás llevando a la cama? Creo que bebí demasiado esta noche.

Molly quedó inconsciente y Sherri trató de asomarse al oscuro dormitorio para espiar pero no pudo ver nada. Molly se despertó cuando Miles la puso en el suelo húmedo en el estrecho espacio entre las vigas del piso.

¿Por qué me pones aquí abajo? Creo que una zarigüeya o un mapache debe haberse arrastrado hasta aquí y ha muerto, Miles. Aquí abajo apesta a muerte.

Sherri sintió la tierra fría y húmeda bajo sus hombros y sobre sus piernas desnudas, y un escalofrío le recorrió todo su cuerpo. Sabía que era Molly quien lo sentía y no ella.

Vas a arruinar mi vestido nuevo en este sucio y pequeño espacio debajo del piso, Miles. Si no puedo limpiar mi vestido, me comprarás otro, ¡maldita sea!

Sherri se quedó sin aliento cuando miró fijamente la cara de Miles Tucker desde el suelo a través de los ojos soñolientos de Molly. Sherri conocía ese rostro. Ella había visto ese mismo rostro moreno y hermoso antes... era el rostro de Dylan Roberts.

Oh, Dios mío, el hijo de puta la mató y escondió su cuerpo bajo el suelo del dormitorio.

La cabeza de Sherri se despejó y se puso la mano en la boca mientras corría hacia el baño con el contenido de su estómago subiendo hacia su garganta. Cayó de rodillas, se inclinó sobre el inodoro y vació su estómago. Se arrodilló allí y lloró desconsoladamente por la pobre chica muerta bajo el suelo de su dormitorio.

13

Sherri se despertó con golpes en la puerta de su casa. Se dio la vuelta con un dolor en el abdomen a causa de los vómitos y abrió un párpado adormecido para ver los números rojos del reloj junto a su cama que marcaban las seis y media.

Ay, mierda. Supongo que tendré que levantarme... otra vez. Ni siquiera tengo el café hecho todavía.

—Ya voy —gritó Sherri mientras rodaba de la cama y tomaba su bata. Caminó lentamente por los pisos de madera limpios hacia la puerta principal y dejó entrar a la cuadrilla de trabajo quienes la vieron con los ojos muy abiertos.

—¿Tuviste una noche larga, Sherri? —preguntó Jeremy con una sonrisa pícara.

—Sí —respondió mientras arrastraba los pies hacia la cocina—. Como puedes ver, barrí, trapeé y desinfecté el lugar a fondo, así que no tienen que preocuparse de contagiarse con el hantavirus de nuestros pequeños amigos del ático.

—Genial —exclamó con una voz demasiado alegre —. El chico de los azulejos estará aquí en unos minutos para hacer el baño, entonces podremos ponernos a trabajar e instalar tus cosas nuevas. Veo que finalmente llegaron. Se suponía que iban a llegar antes de que nos fuéramos ayer.

—Los estaban descargando del camión cuando volví de la ciudad ayer por la tarde.

Le dio una factura de entrega color amarillo.

—Firmé después de que él revisara todo, así que sé que está todo aquí.

Sonrió mientras Jeremy examinaba la factura.

—¿No tienes que desinstalar las cosas viejas primero? —preguntó Sherri mientras llenaba la cafetera con agua para el tan necesitado café.

—Sí, Parker se va a poner con eso ahora. Pero deberías llenar algunas ollas con agua —sugirió con una sonrisa— y usar el inodoro y la ducha ahora, porque no habrá agua por un tiempo.

—Genial —gimió y encendió la cafetera—. Estaré lista en un minuto o tres.

Sherri caminó fatigada hasta el baño y cerró la puerta para evitar las risas de los obreros que merodeaban por la cocina mientras esperaban que se preparara el café.

Me duele demasiado la cabeza esta mañana. Las visitas nocturnas están empezando a tener un efecto. Creo que estoy demasiada vieja para esta mierda. Me alegro de haberme duchado anoche.

Generalmente compartía su primera taza de café con la cuadrilla mientras recibían las instrucciones para el día de trabajo, y de paso, Sherri se daba una idea del tipo de desastre que le esperaba.

La esperanza de ver por última vez los colores de su baño debería haber mejorado el humor de Sherri, pero había quedado inquieta ante la visita matutina... o la visión... o el sueño del asesinato de Molly y la imagen de la cara de Miles Tucker y su inquietante parecido con la de Dylan.

¿Debería contarle sobre eso? El tema de Miles Tucker parece ser muy delicado para Dylan.

Cada vez que Sherri cerraba los ojos, veía esa cara mirándola desde arriba, de la misma forma que Molly la había visto en sus últimos espantosos segundos de vida. Desde el momento en que se arrastró de nuevo a su cama, su cabeza se llenó de preguntas.

¿Era realmente una visión enviada por Molly o era solo un sueño? He estado muy estresada con este proyecto, con mi relación con Dylan y con el libro nuevo. Tal vez fue solo una pesadilla inducida por el estrés. Tal vez todo ha sido simplemente un producto de mi fértil imaginación. O tal vez es un tumor cerebral.

Sherri tiró de la cadena, volvió a la cocina y llenó su taza con café negro e intenso. Se dejó caer en una de las sillas y tomó un sorbo, saboreando el rico aroma que emanaba de la taza.

—¿Te sientes bien, Sherri? —Jeremy preguntó con preocupación—. ¿Estás enferma o algo así? Normalmente estás levantada y vestida para cuando llegamos aquí, y además estás un poco pálida.

—Y normalmente ya tienes preparado el café para cuando llegamos —agregó uno de los otros hombres con una risita.

—Lo siento, chicos —suspiró Sherri—. Anoche fue una noche larga. Dylan dijo que debería desinfectar el lugar después de sacar toda esa basura ayer, así que me quedé despierta hasta tarde limpiando.

Levantó sus limpias manos para que las vieran y luego se encogió de hombros.

—Creo que el desinfectante me mareó un poco también.

—¿Para qué es esto? —preguntó Jeremy mientras mecía el mango de la lijadora—. Dylan normalmente hace que uno de nuestros chicos quite la pintura y lije si ese es el plan, pero pensé que había dicho algo sobre poner azulejos.

—Pensé en intentarlo. Prefiero tener los pisos de madera donde pueda por razones de autenticidad —dijo con una débil sonrisa—. Ayudé a mi abuelo a repintar el porche cada año, así que creo que puedo arreglármelas.

Jeremy puso en blanco sus grandes ojos azules y sonrió a los otros hombres de la cocina.

—Un pequeño porche como el de afuera no es nada comparado con una casa entera, Sherri. El polvo que hay aquí dentro probablemente te dejará sin sentido dentro de una hora.

—Tengo ventiladores de ventanas para cada habitación —dijo con confianza y se encogió de hombros—. Los giraré para que aspiren el polvo mientras trabajo.

Miró hacia el oscuro y abierto espacio del ático y sonrió.

—Aparte, ahora también hay un poco más de espacio aéreo aquí.

Sherri tomó lo que quedaba en su taza y se levantó para rellenarla. Notó que la cafetera estaba casi vacía e hizo una nueva.

—¿Van a poder poner el metal en el techo antes de que vuelva a llover? ¿Y qué hay de la madera que Dylan dijo que iban a poner en el interior? ¿Cuándo van a instalar eso?

—El techo es lo siguiente en la lista de cosas por hacer —respondió Jeremy— y la cuadrilla del techo vendrá mañana para empezar, creo.

Miró a uno de los otros hombres que asintió con la cabeza.

—¿Y tú qué vas a necesitar para empezar con ese proyecto tuyo?

—Necesito que desconecten las dos estufas y las trasladen —dijo Sherri y sonrió al joven—. Anoche limpié la habitación de invitados y trasladé todo al cuarto de servicio, pero tan pronto como las viejas instalaciones estén fuera del baño necesito que coloquen las nuevas para poder mover los muebles allí mientras trabajo con los pisos.

—Ya oyeron a la jefa, muchachos —dijo Jeremy y vació de un sorbo su taza—. A trabajar.

La mitad de ellos salieron para comenzar a trabajar en el techo mientras que otros comenzaron a sacar los muebles de baño rosados y las estufas.

Mientras Sherri llenaba su estómago vacío con un *bagel* caliente con mantequilla, Dylan la llamó.

—Hola —saludó ella, masticando tan rápido como podía para poder hablar.

—Jeremy me dijo que tienes un proyecto especial en marcha.

Un escalofrío bajó por su columna vertebral al oír su voz. Era la voz de Miles Tucker. La misma voz severa y acusadora que había escuchado unas horas antes. Se estremeció y se ajustó más la bata alrededor de su cuerpo.

Cálmate, Lambert. Probablemente fue solo otro sueño. Déjalo y vuelve al aquí y ahora.

—Así que te lo dijo, ¿verdad? —Sherri respondió, mirando a Jeremy mientras se arrodillaba en el baño con una llave inglesa en la mano, soltando los pernos que sujetaban el inodoro al suelo. Se preguntó cuándo había tenido tiempo de llamar a Dylan. De repente, sintió que tenía la casa llena de niñeras, o peor aún, de espías.

—Si hubiera sabido que querías los pisos despintados y reacondicionados, lo hubiera agregado al contrato y hubiera hecho arreglos con uno de nuestros hombres que se encarga de los pisos —dijo Dylan, y Sherri pudo imaginar la sonrisa que se le dibujó en su hermoso rostro.

—No creo que pueda permitirme más añadidos a mi contrato, Dylan —suspiró—. Hasta que no lleguen los fondos de la venta de mi condominio, necesito gastar lo menos que pueda.

Sherri se detuvo para considerar sus siguientes palabras.

—Creo que puedo permitirme un poco de equidad de esfuerzo.

—Bobby odia ese término —dijo Dylan soltando una risa.

—Apuesto a que sí —dijo Sherri mientras llenaba su taza, apagaba la cafetera y salía a la fresca mañana de otoño. Quería un poco de privacidad lejos de todas las orejas dentro de la casa. El aire fresco y enérgico la ayudó a aclarar un poco su cabeza.

—Jeremy dijo que no te ves bien y que aún estabas en la cama cuando llegaron esta mañana.

Sherri percibió la preocupación en su voz y se conmovió.

—¿Te sientes bien?

¿Cómo puede ser tan dulce y considerado un día y tan tonto otro?

—Estoy bien —suspiró y miró hacia la casa—. Solo estoy cansada. Anoche me quedé despierta hasta tarde limpiando. ¿Eso no te lo contó?

Probablemente me internarían si les dijera por qué estoy tan cansada. Ver fantasmas cometiendo asesinatos en la sala de estar y enterrando el cuerpo bajo el piso del dormitorio no suena muy cuerdo.

—Lo hizo —Dylan hizo una pausa—. Cuando dije que necesitabas desinfectar el lugar, no quise decir que tuvieras que hacerlo todo en una noche.

—Lo sé —respondió— pero estaba ansiosa, y además cuando se me mete algo en la cabeza, tengo que hacerlo.

—¿Estabas emocionada por los pisos? —preguntó, y Sherri pudo imaginar una sonrisa dibujada en su rostro.

La cara de Miles Tucker.

—Sí —suspiró con una pequeña sonrisa en sus labios—. Quiero ver cómo se ven antes de decidir qué voy a hacer con las paredes.

—¿Ya has decidido qué vas a hacer con las alacenas? Tenemos que encargarlas también.

—De nuevo —suspiró— depende de cómo queden los pisos.

—De acuerdo. Le dije a Jeremy que te diera toda la ayuda que necesitaras para tu proyecto. Él tiene una cuadrilla completa allí y estamos a tiempo con todo. Te veré en un par de días.

—Gracias, Dylan, pero ¿Bobby no se va a enfadar por eso?

—Este es mi proyecto —dijo—. Yo dirijo las malditas cuadrillas; no Bobby.

Sherri lo escuchó tomar un respiro.

—Tengo que irme ahora. Hoy van a dejar ir a Kyle, y yo los llevaré a él y a Carla Jean a casa. Hablaré contigo más tarde.

—Adiós —se despidió y cortó la llamada.

Vaya, mencionar a Bobby realmente lo hizo enojar. Es bueno saberlo.

Sherri metió el teléfono en el bolsillo de su bata, observó a los hombres bromeando y riendo mientras clavaban los paneles del techo en su lugar, y entró nuevamente a la casa donde estaban batallando para pasar la vieja tina rosada por la puerta del baño.

¿Debería haberle dicho cuánto lo extraño? ¿Debería haberle contado sobre mis visiones y lo mucho que se parece a Miles Tucker?

14

No puedo quitármela de la cabeza. Es la mujer más interesante con la que he estado. ¿Por qué tuve que abrir mi maldita boca y arruinar todo? Probablemente nunca me dejará meterme entre sus piernas de nuevo y no sé si pueda soportarlo.

Dylan se encontraba atascado en el tráfico de la interestatal en dirección norte. Debe haber habido un accidente en algún lugar más adelante. Había llevado a Carla Jean y a Kyle a casa y cuando se instalaron, se despidió. Necesitaba volver. El proyecto de Sherri estaba saliéndose de control y causando estragos en su cuidadosamente planeada agenda.

Había aprendido desde el principio a no permitir que el propietario de la casa iniciara sus propios proyectos paralelos. El proyecto del piso de Sherri podría echar todo a perder si no regresaba y volvía a planificar las cosas. Bobby quería usar la renovación de la cabaña de Sherri en la publicidad vacacional de la compañía. Eso significaba que tenía que estar terminada o muy cerca de estarlo para el Día de Acción de Gracias.

Lástima que no pueda encargar la nieve. Ese techo verde se vería muy bien en las fotos con un poco de nieve.

Los coches que iban delante de él empezaron a moverse y Dylan volvió a ponerse sus gafas de sol. Mientras conducía, pensó en lo bien que estaba quedando la cabaña. Había encargado unos postes de madera de pino para reemplazar los viejos postes blancos torneados del porche. Una vez instaladas los postes, las nuevas ventanas con sus primitivas contraventanas y las puertas, el lugar no se parecería en nada a la casa a la que su madre lo había llevado de niño.

El lugar ya es irreconocible sin ese horrible revestimiento de teja. Ahora parece una cabaña de troncos.

—Aquella es una casa maldita y la mayor vergüenza de nuestra familia —le había dicho Marilyn Tucker Roberts a su hijo de diez años mientras se sentaban en su nuevo Buick Electra color rojo estacionado en el camino de grava.

—¿Por qué? —había preguntado el joven Dylan, mirando la sencilla casa marrón. Una niña pelirroja con un libro en las manos los miraba desde la hamaca del porche.

—Es solo una casa vieja —.Giró su cabeza para mirar a su madre que llevaba su peinado estilo colmena.— ¿Está embrujada o algo así?

—O algo así —suspiró—. Mi familia vivió en esa casa una vez.

—¿Viviste en una casita de porquería como esa? —preguntó sorprendido con los ojos abiertos de par en par.

La familia Roberts vivía en una nueva y espaciosa casa de dos niveles ubicada en una de las mejores calles de Barrett. Dylan no se imaginaba a su madre viviendo en esta pequeña granja de mal gusto con una entrada de ceniza negra y gallinas sueltas en el patio.

—Durante un tiempo —admitió ella—. Nos mudamos a Barrett cuando yo tenía tu edad, pero mi tío siguió viviendo aquí con las basuras que tenía de novias.

—Supongo que vivir aquí en el campo con gallinas en el patio es vergonzoso —dijo y de repente sintió lástima por la chica de la hamaca—. Debe ser terrible ser tan pobre.

—Mi tío era un hombre muy malo y vivía aquí —murmuró su madre—. Y era pariente nuestro, Dylan.

—¿Quién era? —preguntó Dylan, emocionado—. ¿Era un ladrón de ganado o de diligencias?

Los únicos hombres malos en los que Dylan podía pensar eran los que aparecían en La Ley del Revólver, en Caravana, y en las películas de John Wayne.

—¿Era un ladrón de bancos como Jessie James y por eso lo colgaron?

—Nunca robó bancos —dijo su madre—. Pero sí fue colgado por sus crímenes.

—¿En serio? —preguntó Dylan, mirando a su madre boquiabierto—. ¿Eres pariente de un hombre que fue ahorcado? ¿De verdad asesinó a alguien?

—Lo hizo —suspiró su madre con tristeza, pero luego su voz se volvió severa. Era la voz que usaba cuando estaba enfadada con él o con Bobby. —Y es un pariente tuyo y de Bobby también. Por eso necesitas saber sobre él. Se llamaba Miles Tucker. Fue colgado por asesinato y no quiero oírte hablar de él... nunca.

Lo sujetó del hombro y jaló a Dylan para que la mirara a la cara.

—¿Me entiendes, Dylan? Ese hombre era mi tío y una vergüenza para nuestra familia. No quiero oírte nunca admitir que era de nuestra familia... nunca.

Sus dedos se clavaron en el hombro de Dylan e hizo que sus pequeños ojos se llenaran de lágrimas.

—Sí, señora —dijo con solemnidad.

—Bien —dijo ella y le soltó el hombro.

Dylan se volvió para mirar a la chica de la hamaca mientras se frotaba las lágrimas. Su madre puso el coche en marcha esparciendo gravilla por todos lados al girar los neumáticos del gran Buick rojo y se dirigieron hacia el camino de asfalto que los llevaría de vuelta a Barrett.

Oh, por Dios, esa niña debe haber sido Sherri. Era tan pequeña en ese entonces en esa hamaca, leyendo su libro. Ahora se sienta en la hamaca y los escribe.

Dylan nunca había hablado sobre Miles Tucker con nadie, pero lo había buscado en la biblioteca cuando estaba en el instituto. Recordó que se sintió avergonzado cuando mencionaron el nombre de Tucker durante una clase de historia. Había tenido la tentación de levantar la mano y admitir que el hombre era su pariente, pero el recuerdo de la cara seria de su madre en el auto ese día lo había hecho cambiar de opinión. Tucker incluso había estado en el examen.

«¿Quién fue el último hombre ejecutado por ahorcamiento en el estado?»

Dylan nunca olvidaría la respuesta a esa pregunta.

Encontró un libro acerca del hombre y se sorprendió al leer que había sido un notorio contrabandista y el líder de una banda de delincuentes que distribuía licor ilegal durante la época de la Prohibición. Tucker había sido arrestado, juzgado y colgado en 1930 por dar la orden de asesinar a sus rivales y a algunos agentes de policía. Sin embargo, se pensaba que los agentes estaban en la nómina de la pandilla rival.

Y ahora estoy renovando su maldita casa.

Dylan creía que su madre no le había contado a Bobby sobre Tucker y que tampoco nunca lo había llevado hasta la casa. Dylan no sabía por qué, y tampoco se lo había mencionado a su hermano nunca. No le había dicho a su madre dónde estaba trabajando ahora y lidiaba con ello todos los días.

¿Debería decirle que estoy trabajando en su casa de la infancia y preguntarle si Bobby sabe de nuestro parentesco con Tucker? ¿Le gustaría que eso saliera en su gran anuncio de vacaciones? Dylan podría imaginarse los titulares: Renovaciones Realistas renueva la casa del notorio asesino y tío abuelo.

A su madre le encantaría eso. Decidió que tendría que discutirlo con ella y Bobby pronto. Dicen que la mala publicidad es buena publicidad, pero Dylan se preguntaba si Bobby pensaba lo mismo.

A medida que se acercaba a la salida de Barrett, la mente de Dylan regresó a la pequeña niña pelirroja de la hamaca del porche y a la mujer en la que se había convertido. En su mente, jaló a aquella mujer sobre su dura polla de nuevo y recordó el increíble sexo que habían tenido en su coche.

¿Cuántas noches esta semana se había masturbado con las visiones de ella parada frente a él en esas medias hasta media pierna, sin ropa interior y con sus grandes tetas?

¿Por qué no puedo quitármela de la cabeza? Es como un maldito sueño húmedo andante. Juro que este coche todavía tiene su olor y me excita pensar en ella. ¡Joder, estaba tan buena!

15

Sherri se paseó por la casa iluminada, admirando los pisos brillantes. Con la ayuda de Jeremy y sus cinco hombres dirigidos por Paul, el experto en pisos, el proyecto había avanzado a un ritmo increíble. En cuestión de horas, los pisos de cada habitación habían sido despintados, lijados y recubiertos con capas de poliuretano transparente.

Gracias al trabajo en conjunto, los trabajadores dejaron al descubierto unos hermosos pisos que eran una combinación de maderas de pino y fresno. El poliuretano, una vez aplicado, le dio vida a la madera, acentuando la veta y resaltando colores que Sherri no había notado antes. Una vez seco, el acabado brillaba con la luz del sol otoñal que se filtraba a través de las ventanas.

Esto es exactamente lo que deseaba. Dylan va a estar muy complacido.

Sherri no podría estar más satisfecha. No podía entender por qué alguien querría cubrirlos con pintura. Mientras pasaba por la sala de estar, deslizándose en sus calcetines, algo le llamó la atención y se detuvo para examinarlo.

Se quedó sin aliento al ver una mancha descolorida en las tablas de madera. En el lugar exacto donde había visto a Molly deslizarse hasta el suelo, Sherri vio el claro contorno de las mejillas de un trasero. Le recordó una imagen fotocopiada de un culo desnudo que alguien había hecho una vez en una fiesta de Navidad en la oficina. Sin embargo, Sherri sabía que esta imagen se había creado con sangre y también sabía de quién era la sangre.

Tal vez esta fue la razón por la que pintaron los pisos. Quizás Miles los pintó porque no pudo quitar la mancha de sangre.

Su buen humor se desvaneció. Sherri apagó las luces y se dirigió al dormitorio donde se desnudó y caminó hacia la cama. Mientras se acercaba, miró fijamente hacia otra parte de las tablas. En un sector, de aproximadamente un metro cincuenta por dos metros, las tablas tenían grietas y rajaduras. Los hombres habían tenido mucho cuidado en lijarlas para que Sherri no se lastimara los pies con las astillas.

Paul le había dicho que parecía como si en algún momento hubieran levantado el piso y luego lo reemplazaron con las mismas tablas. Le dijo que tal vez hubo algún problema en el espacio entre la tierra y el piso.

Sherri sabía que no había habido ningún problema y tragó con dificultad mientras saltaba por encima de las tablas para meterse en su cama.

—¿Estás ahí abajo, Molly? —preguntó Sherri en la oscuridad mientras se estremecía y se tapaba los hombros con las sábanas—. Si lo estás, prometo encontrarte y darte el entierro apropiado que te mereces.

—Por favor, no te olvides de Tillie y Maudie, muñeca —respondió la voz incorpórea de Molly.

Sherri pegó un salto del susto y estiró las sábanas para taparse su temblorosa barbilla.

—También tienen gente esperando. Prométeme que harás que un pastor pronuncie unas palabras por ellas también.

—Lo haré —susurró Sherri—. Te prometo que lo haré.

—Haz que ese hombre tuyo mire bien lo que queda de mí, muñeca. Haz que mire lo que *él* nos hizo.

¿Por qué demonios querría eso?

—¿Por qué? —preguntó Sherri confundida—. Dylan no es Miles Tucker.

No se escuchó ninguna respuesta de Molly en el cuarto oscuro. A Sherri le costó mucho dormirse; se rompió la cabeza tratando de darle algún significado a las palabras de Molly.

Sé que Dylan tiene un asombroso parecido con Miles Tucker, pero no se parece en nada a ese asesino alcohólico. Creo que es un buen hombre.

Sherri puso su alarma a las cinco para que no se repitiera lo de la mañana anterior. La visión del asesinato de Molly se repitió una y otra vez en su mente hasta que finalmente se durmió, pero durante casi toda la noche, dio vueltas y vueltas a causa de los agitados sueños protagonizados por Molly.

Cuando sonó su alarma, Sherri se despertó y salió de la cama. Revisó los cajones de su cómoda y sacó un par de pantalones vaqueros limpios y un suéter. Sus pisadas retumbaban en la casa vacía mientras caminaba sobre los relucientes pisos nuevos hasta llegar al baño.

Se estremeció por un momento mientras miraba alrededor del baño que tenía los muebles recién instalados. Un aro ovalado de color negro estaba suspendido del techo sobre la bañera con patas de garra para colgar una cortina de ducha. Un gran cabezal negro de ducha sobresalía de la pared. Sherri se golpeó la cabeza con el tanque de descarga de roble ubicado encima del nuevo asiento del inodoro.

Se ve muy bien, pero tal vez debería haber pensado un poco más en eso.

Sherri se frotó la zona sensible de su cabeza mientras se sentaba en el inodoro y admiraba el nuevo baño. Los azulejos de cerámica que Paul había instalado coincidían perfectamente con los pisos de madera de la cocina. Cuando colocaron los paneles de madera y pintaron las paredes, Sherri supo que el pequeño cuarto sería todo lo que ella había querido. Las nuevas ventanas aún no habían llegado, así que las paredes tendrían que esperar hasta entonces.

Sherri se salpicó la cara con un poco de agua y pasó un cepillo por sus rizos desaliñados antes de entrar en la cocina para encender la cafetera. La cuadrilla estaría allí pronto y ella quería estar vestida y lista para empezar el día antes de que llegaran.

Su cabeza palpitaba y se preguntó si era por la falta de un sueño reparador o por todos los productos químicos que había inhalado el día anterior. Se sirvió una taza de café y sonrió al oler el rico aroma. El café siempre le ayudaba con sus dolores de cabeza.

El día anterior estuvo tan ocupada que Sherri no había tocado su portátil. Mientras entraba en la sala de estar para buscar la portátil y llevarla a la cocina, se angustió ante la idea de revisar los correos electrónicos acumulados. Cuando ingresó a su cuenta, Sherri puso los ojos en blanco cuando vio más de noventa y ocho mensajes. Sabía que borraría la mayoría sin siquiera abrirlos, pero había algunas cosas que había estado esperando.

Una de esas cosas era un mensaje de su agente de bienes raíces en Palm Springs, en el cual le decía que se había cerrado la venta de su condominio y que los fondos habían sido depositados en su cuenta. Con una sonrisa, bajó por la lista y vio un correo electrónico del agente de bienes raíces y otro de su banco. La venta se había llevado a cabo sin complicaciones y su cuenta bancaria había recibido una nueva inyección de fondos. Sherri estaba contenta de haberse desligado de la última cosa que la ataba al desierto del suroeste.

Ahora puedo respirar un poco más tranquila y no debo preocuparme de no poder terminar con la casa en el caso de que surja algo inesperado.

Ya con la seguridad de tener una buena cantidad de dinero en su cuenta bancaria, Sherri se sentó a mirar la cocina. Ahora que los pisos estaban terminados, ella tendría que ocuparse de las alacenas. Hojeó un catálogo y observó detenidamente las páginas que había marcado. Le interesó una muestra de alacenas rudimentarias de pino, aunque también le gustaba un conjunto con puertas de vidrio con parteluces.

¿Realmente quiero que la gente vea todo el desorden de mis alacenas? Pero, ¿qué gente? Nunca tengo visitas.

Frustrada, Sherri dejó de lado el catálogo y miró la pared desnuda donde había estado la cocina a gas. Echó un vistazo a la sala de estar y examinó la chimenea ahora descubierta luego de haber quitado los paneles. Losas de arenisca estratificada color dorado habían sido apiladas para la construcción de la chimenea.

Ahora que habían quitado el viejo calefactor a gas, Sherri pudo verla bien por primera vez. Los hombres arrancaron los paneles que sellaban el ennegrecido hogar y se alegraron al ver que no estaba rellenado con hormigón. Sin embargo, tuvieron que limpiar los cadáveres de varios pájaros muertos y los restos de algunos nidos. En algún momento habían quitado el manto, pero Sherri sabía exactamente cómo debería verse. Ella haría que Jeremy se encargara de encontrar un reemplazo.

Jeremy le había asegurado a Sherri que una vez que se hubieran encargado del agujero en el conducto de humos, podría encender el fuego sin peligro. Había registrado los alrededores de la propiedad y recogido algunas piedras que coincidieran perfectamente con las de la chimenea. Costó un poco, pero el muchacho realizó un hermoso trabajo tapando el agujero.

Siempre quise una auténtica chimenea de leña, pero en California, con todos los ecologistas fanáticos, las restricciones solo permitían el uso de gas.

Sherri volvió a la noche de su visión y recordó a Molly y a las mujeres junto al piano. La chimenea aún necesitaba un manto y un hogar elevado. Tomó una nota mental para comentarle a Paul acerca de construir un hogar que hiciera juego con la chimenea y luego volvió su atención a la pared de la cocina. Capas de un sórdido papel tapiz salpicado con décadas de grasa cubrían la pared. Tenía burbujas y grietas en varios lugares.

Este desastre tiene que desaparecer.

Sherri sabía lo que tenía que hacer y regresó al baño donde se puso los pantalones vaqueros y el suéter. Mientras revisaba su cartera en busca de su billetera, llegó la cuadrilla.

—Límpiense los pies en la alfombra —gritó Sherri mientras los hombres abrían la puerta mosquitera—. No quiero que ensucien mis pisos nuevos con barro.

—Sí, señora —respondió Jeremy.

Sherri pudo oír la diversión en su voz.

—Es bueno ver que esté despierta y en pie esta mañana —dijo cuando vio a Sherri sentada a la mesa—. ¿Pudo descansar un poco anoche?

—Sí, pude —dijo mientras los hombres empezaban a llenar sus tazas de café—. ¿En qué van a trabajar hoy?

—Ayer llegaron las puertas y las ventanas a la oficina —dijo Jeremy— así que vamos a empezar con ellas y el equipo vendrá hoy para empezar a colocar los paneles aislantes antes de colocar el machimbre en el techo.

—Grandioso —dijo con entusiasmo Sherri—. Tengo que ir a la ciudad esta mañana, así que tú quedas a cargo, Jeremy.

—¿Quieres que pongamos las estufas de nuevo? —preguntó uno de los hombres.

Sus ojos se posaron en la pared desnuda.

—No, todavía no. Primero quiero quitar ese viejo empapelado.

Notó el vapor saliendo de su boca mientras hablaba.

—Si tienes frío, puedes hacer un fuego en la chimenea, supongo. No voy a poner el viejo calefactor de nuevo en la sala de estar.

¿Por qué lo haría cuando tengo una hermosa chimenea?

—Vas a morir congelada aquí, Sherri —se preocupó Jeremy —. ¿Cómo vas a hacer para calentar este lugar?

Sherri sonrió ante su preocupación.

—Voy a hacer que instalen una bomba de calor. Me prometieron que vendrían aquí para hacerlo antes del Día de Acción de Gracias.

—Eso es el próximo jueves —afirmó uno de ellos—. ¿Vamos a encargarnos de los conductos, o lo harán ellos?

—Ellos lo harán —afirmó Jeremy con firmeza—. No vamos a subirnos a esa mierda de viga.

Se dirigió a uno de los miembros más jóvenes de la cuadrilla.

—Benny, enciende el fuego de la chimenea. Acá está más frío que abrazo de suegra. Hay un montón de cosas cortadas en ese montón de atrás.

Una semana antes, habían quemado una pila de basura en el lugar junto a los barriles oxidados, pero se había acumulado otra pila a medida que continuaban los trabajos para la renovación de la cabaña.

—Por supuesto —contestó el joven y salió por la puerta de atrás.

Sherri admiraba las habilidades de liderazgo de Jeremy. Podía ver por qué Dylan había dejado al rubio alto y flaco a cargo en vez de a uno de los hombres de mayor edad. Apagó su computadora portátil y la cerró.

Tengo que hacer este viaje a la ciudad y luego volver y ponerme a trabajar. Inga dice que he estado holgazaneando. Antes del fin de semana, quiere tres capítulos completos para enviarle al editor.

—Me voy después de terminar esta taza de café —dijo—. Solo estaré fuera durante un par de horas.

—Muy bien —contestó Jeremy con una sonrisa en su cara —. Tómate tu tiempo. Estaremos aquí todo el día y puede que Dylan aparezca. Creo que regresó a la ciudad anoche.

Sherri se sorprendió al oír eso, y su corazón se aceleró ante la posibilidad de ver de nuevo a Dylan. Recordó cómo se besaron en el Best Western y luego cómo tuvieron sexo en su coche en la entrada. Sus pezones comenzaron a endurecerse y se dirigió con rapidez a su coche.

Eres demasiado vieja para estas tonterías de amor de instituto, Lambert. Supéralo. Probablemente no vuelva a suceder. Dylan Roberts fue solo otra aventura de una noche. Una de tantas.

Encendió el motor de su coche, prendió la radio y se alejó de la entrada. Por desgracia, no pudo sacarse de la cabeza a Dylan mientras conducía hacia Home Depot. Se preguntaba si a él le gustaría el nuevo piso y qué pensaría del nuevo baño. De repente, lo que Dylan pensara era más importante para Sherri que cualquier otra cosa.

Mientras entraba al estacionamiento del Home Depot, oyó la voz de Molly en su cabeza recordándole la mala sangre de Dylan y un escalofrío recorrió su columna vertebral.

Contrólate y cálmate. Tienes cosas más importantes en las que pensar que en tu estúpida vida sexual. Ahora tienes una carrera en la que pensar.

Sherri respiró hondo, tomó su bolso y entró en la tienda. Era temprano, pero la tienda estaba abarrotada de gente. Inhaló el refrescante aroma de la madera recién cortada, tomó un carrito y lo empujó por el pasillo.

Sherri tenía una idea de lo que quería y después de investigar durante unos minutos, encontró exactamente lo que necesitaba para conseguir el estilo deseado para su nueva cocina. Cargó cajas pesadas en su carrito y lo empujó a través de otros pasillos, agregando unas cuantas cosas más. Siempre le había gustado comprar en Home Depot.

—¿Sherri Lambert?

Una voz masculina la llamó por detrás mientras estaba en la cola de la caja.

—¿En serio eres tú?

Sherri se volteó y vio a un hombre calvo y fornido tras un carro lleno de suministros de plomería.

—¿Sí? —contestó ella, sin reconocer al hombre.

—Soy Tom —dijo él mientras empujaba el carro hacia ella —. Tom Garret. He oído que has regresado a la zona.

Sherri se quedó boquiabierta mirando al hombre. ¿Es el mismo Tommy Garrett del que estaba tan enamorada hace tantos años? El Tommy que recordaba tenía la cabeza llena de cabello grueso y ondulado y una figura estilizada. Era tan sexy con sus pantalones blancos ajustados de béisbol. Este hombre se parecía a los que llevaban las bolsas de equipo.

Bueno, han pasado más de cuarenta años y eso quiere decir que ahora tiene casi sesenta y cinco.

—Oh —dijo, forzando una sonrisa—. Hola, Tom. No te reconocí. Ha pasado bastante tiempo.

O Laura es una buena cocinera, o pasas mucho tiempo comiendo aros de cebolla en Sonic.

—Lo sé —suspiró— definitivamente ha pasado bastante tiempo. Lamento lo de tu abuelo. Era un muy buen tipo y también lo era tu abuela.

Aunque no era lo suficientemente bueno para que aparecieras en su funeral o enviaras flores.

Puede que Sherri no haya visto a Tommy Garrett en el funeral, pero no había visto su nombre en el libro de visitas de la funeraria ni en ninguna de las tarjetas de los arreglos que habían enviado.

—Sí que lo era —afirmó Sherri— y siempre pensó muy bien de ti.

Aunque resultaste ser un cerdo.

—Así que... —dijo acercándose a Sherri— he oído que ahora eres escritora. Leí ese artículo sobre ti en el periódico y busqué tus libros en Amazon.

Extendió la mano para tocarle el pelo.

—Escribes cosas bastante picantes. ¿Lo haces basándote en la experiencia o lo inventas todo?

Todos los hombres con los que hablo me preguntan lo mismo. Me encantaría escuchar algo original de vez en cuando.

—La regla número uno de los escritores es «escribir sobre lo que conoces» —dijo mientras le entregaba al cajero su tarjeta de débito.

—¿Por qué no nos reunimos alguna vez —propuso con una sonrisa lasciva— y me enseñas los trucos que has aprendido desde la última vez que estuvimos juntos en la cama?

Sí, claro. Ni en un millón de putos años.

—¿Tú y Laura siguen casados? —preguntó Sherri en voz alta mientras empujaba su carro hacia la puerta. No esperó a que él le respondiera.

Qué asqueroso. Algunas cosas y algunas personas nunca cambian. Sigue siendo un imbécil. No puedo creer que alguna vez me enamoré de él como lo hice y dejé que me quitara la virginidad... Date un poco de crédito, Lambert. Solo tenías catorce años y creías que estabas enamorada.

16

Mientras conducía a casa, Sherri se preguntó con quién había estado hablando Tommy y luego recordó que Candi lo había mencionado en el Best Western. Eso no puede ser bueno. Candi le habría dado un giro salaz a sus novelas, aunque el artículo del periódico de Barrett decía que ella escribía Romances Eróticos además de Ficción Histórica.

Si Tommy hubiera entrado a Amazon y hubiera leído una de las muestras gratuitas, podría haber encontrado algunas en las que la acción erótica comienza en los primeros capítulos. Sherri puso los ojos en blanco y se frotó las sienes.

Tal vez debería repensar eso. Tal vez siempre debería empezar despacio y dejar que aumente la acción de a poco.

Cuando entró en la casa, el lugar era un caos. Mientras quitaban las ventanas, la madera rechinaba y se oían los golpes de martillos en el ático mientras instalaban los paneles aislantes.

¿Qué te parece, Sherri? —preguntó Jeremy mientras cargaba tablones recién cortados a través de la habitación hasta donde uno de los hombres estaba instalando una ventana junto a la chimenea.

—Es increíble —dijo con una gran sonrisa en su rostro—. Chicos, de verdad que se pusieron manos a la obra.

—Es para lo que el jefe nos paga —dijo—. Oye —agregó y atrajo a Sherri hacia el piano— mira lo que encontramos cuando comenzamos a retirar el viejo empapelado alrededor de la ventana en esta pared.

Sherri se detuvo y un escalofrío le recorrió la columna vertebral cuando reconoció la capa descolorida del empapelado rosa y azul.

—¿Qué? —preguntó nerviosa—. Es solo más empapelado viejo.

—Esto —dijo Jeremy, señalando un arco de manchas marrón oscuro en el papel—. A mí me parece que es una salpicadura de sangre.

Mierda.

—Ves demasiados malditos programas de crímenes en la televisión, Jeremy —comentó uno de los hombres entre risas—. Estuvimos toda la semana escuchando que para él esa mancha oscura allí en el suelo —dijo y señaló una mancha que ahora estaba cubierta por una lona— fue un charco de sangre o alguna tontería así y ahora ve manchas marrones en el viejo papel de pared y dice que es una salpicadura de sangre.

Es observador y tiene toda la razón. Es la sangre de Molly. Vi lo que pasó justo delante de mis ojos.

Sherri respiró profundamente y le dio una palmadita en el hombro a Jeremy. Deseaba poder decirle lo que sabía, pero se lo pensó mejor.

—Esta es una casa vieja —dijo—. No hay que divulgar los secretos que esconde.

—¿Ven? —dijo Jeremy— Sherri me cree.

La puerta mosquitera se abrió, y Dylan entró.

—¿Qué es lo que cree Sherri? —preguntó con la frente fruncida en señal de preocupación.

Sherri se dirigió a la cocina y llenó dos tazas de café mientras los hombres le explicaban. Dylan entró a la cocina sacudiendo la cabeza.

—Ese maldito chico tiene una imaginación increíble.

—¿No crees que podría haber algo de verdad en lo que dice? —preguntó Sherri mientras le entregaba una taza—. Uno de los criminales más conocidos del estado solía vivir aquí.

Observó como la cara de Dylan ensombreció.

—¿Sabes algo de eso?

Sherri asintió mientras tomaba asiento en la mesa.

—Louis me lo contó cuando fui a la biblioteca a investigar sobre este lugar. Me habló de Tucker y me recomendó un libro.

Sé que me viste leyéndolo.

—Oh, ya veo —dijo—. ¿Te dijo algo más?

Sherri negó con la cabeza.

—Solo me sugirió ese libro sobre Tucker —dijo ella— y lo leí, pero no decía demasiado. Nada acerca de la casa o sus orígenes.

Lo mismo que tú me vas a contar sobre Miles Tucker. ¿Por qué tanto secreto? Lleva décadas muerto.

Dylan se frotó el bigote y asomó la cabeza en el baño.

—Ha quedado muy bonito. ¿Qué te parece?

Por supuesto, cambia de tema.

—Mucho mejor que ese desastre azul y rosa que había antes. ¿Qué piensas de los pisos?

Dylan miró hacia abajo y sonrió.

—Se ven muy bien —dijo— pero espero que ese sea el último trabajo paralelo que hayas planeado durante este proyecto. Esos cambios de planes arruinan bastante mi agenda.

Sherri miró a la pared donde había estado la cocina vieja.

—Solo uno más —dijo con timidez y mirando hacia el piso.

—Oh, mi Dios —gimió Dylan y se pasó una mano por el oscuro y ondulado cabello—. ¿Y ahora qué?

—Bueno —dijo esbozando una sonrisa— ya que en algún momento en el pasado quitaron la chimenea de aquí, compré piedra que combinara con la chimenea para ponerla en esta pared donde irá la nueva cocina.

Dylan observó la pared, miró a la sala de estar, y luego sonrió.

—Es una gran idea. Ojalá se me hubiera ocurrido—. Tomó un sorbo de su café. —¿Ya has decidido qué harás con las alacenas?

Sherri revisó la pila de catálogos sobre la mesa y encontró el de las alacenas.

—Estas —dijo— junto con un fregadero de granja estilo irlandés y el juego de grifo victoriano con cuello de cisne de color oscuro.

Sherri observó su expresión mientras barajaba sus propuestas.

—Sé que es más de la época victoriana que la de los colonizadores, pero también lo es el baño, así que pensé que estaría bien.

—Bien pensado —dijo y asintió—. Los encargaré hoy mismo.

Dylan tomó su mano.

—¿Dejarás que te lleve a cenar esta noche?

—Eso suena bien —respondió—. ¿Qué debería ponerme?

Dylan sonrió.

—Iremos a Applebee's —dijo— pero si usas ese atuendo que usaste en el Westie, no puedo garantizar que tu virtud permanezca intacta.

—Cariño —se rió y pensó en Tommy Garrett—. Hace ya mucho tiempo que me quitaron la virtud.

—No voy a tocar ese tipo de virtud —dijo Dylan mientras levantaba las manos en una postura defensiva y se giraba en su silla.

—Jeremy —gritó hacia la otra habitación—. Sherri tiene algunas cosas en la parte de atrás de su coche que hay que entrarlas para un trabajo.

—Claro, jefe —gritó de vuelta sobre el martilleo—. Enseguida estoy en eso.

El joven alto y flaco asomó la cabeza en la cocina.

—¿Otro proyecto? —preguntó con una sonrisa pícara—. Bobby no se va a poner contento. Quiere que todos los proyectos estén dentro del trabajo acordado.

Ups, eso podría traer problemas.

—Vamos muy bien con el tiempo —replicó Dylan—. Simplemente ve a descargar el maldito coche.

Vació su taza de café y se puso de pie.

—Será mejor que vuelva a la oficina y encargue estas alacenas—. Dylan se inclinó y le besó la mejilla. —Estaré aquí para recogerte a las siete.

—Nos vemos a esa hora —dijo Sherri y observó su trasero en sus vaqueros ajustados mientras se alejaba. Su mente regresó a la noche que pasaron juntos en su coche y su corazón se agitó dentro de su pecho.

Eres demasiado vieja para estas tonterías de colegiala, Lambert. Contrólate y madura.

—¿Dónde quieres que deje estas cosas, Sherri? —preguntó Jeremy mientras traía las cajas de azulejos en una carretilla.

—Contra la pared está bien —respondió.

—¿Y ahora qué vas a hacer aquí?

Sherri pasó a explicar sus planes para la pared detrás de la cocina.

—Quiero tenerlo hecho antes de que la entreguen.

—Es un proyecto bastante fácil —dijo—. Ben y yo podemos ayudar si quieres. Hemos trabajado con Paul en algunos otros proyectos y aprendimos un par de cosas.

—Gracias por la oferta, Jeremy, pero creo que quiero ocuparme de esto por mi cuenta. He hecho algunos trabajos con azulejos antes en mi casa de California.

17

Después de que se fuera la cuadrilla, Sherri se duchó y arregló sus rizos. Se quedó frente a su armario durante un largo tiempo, tratando de decidir qué ponerse. ¿Quería verse atractiva o estar cómoda? ¿Por qué no podía haber un punto medio?

Al final, se conformó con un par de pantalones vaqueros negros ajustados, un top blanco con volados y una chaqueta de jean negra. En los pies, llevaba unas brillantes botas vaqueras color negro. Sherri se examinó en el espejo después de maquillarse y sonrió.

No es muy casual, pero tampoco es muy atrevido, aunque el corpiño empuja a las chicas hacia arriba, al frente y al centro. A él le gusta este estilo de vaquera. Le va a encantar.

Una o dos gotas de su perfume favorito completaron el atuendo y se dirigió a la sala de estar para esperar a Dylan sentada en el sofá. Miró hacia arriba y vio el arco marrón de manchas oscuras en la pared y lanzó un largo suspiro.

Luego, sus ojos se dirigieron a la mancha oscura en el suelo donde la sangre de Molly se había acumulado y penetrado en las tablas. Paul había dicho que la mancha añadía carácter, pero Sherri se preguntó si diría lo mismo si, al igual que ella, supiera de dónde viene.

Cuando Dylan llamó a la puerta, volvió al presente y se puso en pie de un salto. Sherri miró su portátil y sonrió.

Lo siento, amigos, tendrán que esperar hasta mañana para que les preste atención. Creo que quiero un hombre de carne y hueso con un buen culo esta noche.

Sherri cogió su bolso, encendió la luz del porche y abrió la puerta. Vio cómo los ojos de Dylan se abrían de par en par.

—Joder, mujer —soltó un suspiro mientras miraba fijamente su escote—. Ese atuendo tampoco va a funcionar para mantener tu virtud intacta.

—¿Quién te dijo que quiero mantenerla intacta? —contestó mientras salía al porche y cerraba la puerta tras ella.

—Bueno, está bien, entonces —dijo él con una gran sonrisa y tomó su mano para acompañarla hasta el auto.

—¿Bobby te dejó usar las llantas bonitas otra vez?

—Vamos a hablar del proyecto, ¿no es así? —preguntó mientras abría la puerta.

—Por supuesto —afirmó Sherri.

—Es una cena de negocios entonces —dijo mientras cerraba la puerta.

Sherri se abrochó el cinturón de seguridad y lo vio caminar por la parte delantera del lujoso automóvil, abrir la puerta del lado del conductor y sentarse en el asiento. También llevaba vaqueros negros, una camisa blanca con un chaleco de cuero negro y su sombrero de vaquero de color negro.

Quizás debería haberle preguntado qué vestimenta planeaba usar.

—Te ves muy sensual esta noche, Sherri —dijo mientras encendía el motor del coche.

—Tú también te ves bien, Dylan.

—Gracias —agradeció y se alejó marcha atrás de la entrada —. Ya encargué las alacenas. Todavía estaban en depósito; las enviarán esta semana. Si todo sale bien, deberíamos tener este proyecto terminado dentro de dos semanas.

Muy bien, ya discutimos oficialmente de negocios.

—Genial —dijo con alegría—. Será agradable tener un poco de paz y tranquilidad en ese lugar.

—Supongo que hemos estado alterando tu rutina de escritura, ¿no?

—Mi agente acaba de entregarle mi próxima saga de tres libros a la editorial —dijo Sherri.

—¿Ah, sí? ¿Y, qué tal? —preguntó y giró en la carretera principal en dirección a Barrett.

Una sonrisa se formó en el rostro de Sherri.

—Quieren la saga y me ofrecieron un increíble adelanto.

—Eso es genial —dijo con una sonrisa—. ¿Cuál sería una cifra «increíble» en el negocio de la escritura de libros?

—Seis dígitos como mínimo —dijo con una pausa antes de añadir— por libro.

Dylan giró la cabeza y dio un silbido.

—Estoy en el trabajo equivocado. ¿De qué se trata esta saga?

—Una familia de brujas de los pantanos de Luisiana —dijo —. Estoy segura de que si todo va bien, podría extender la historia a más de tres libros.

—Vaya —dijo con admiración.

—Inga, mi agente, se lo está proponiendo a algunos guionistas de Hollywood para hacer una película o una serie de televisión.

—Vas a ser rica —dijo—. Volverás a abandonar al pobre Barrett antes de que te des cuenta y lo cambiarás por las brillantes luces de Hollywood o Los Ángeles.

—No lo creo —suspiró y sacudió la cabeza—. Ya me he hartado de la vida en la gran ciudad y nadie podría convencerme de que vuelva a vivir en California.

Le dirigió una sonrisa al hombre guapo que estaba a su lado dentro del coche.

—Creo que he encontrado justo lo que quiero aquí.

Oh, contrólate, Lambert. Tú no eres de las que consiguen los finales felices para siempre. Simplemente consigues sexo rápido y ardiente y normalmente un corazón roto.

Dylan giró la cabeza y le dirigió una cálida sonrisa a Sherri.

—Espero que tengas razón —dijo y extendió su mano sobre la gaveta central.

Sherri la aceptó y le devolvió la sonrisa.

—No se me ocurre nada que pueda querer más —dijo ella y apretó su cálida mano.

El auto disminuyó la velocidad y Sherri se asomó para ver el Applebee's. No había muchos autos en el estacionamiento por ser una noche de semana y Sherri se alegró por eso.

No quisiera que se repita la noche en el Best Western. Bueno, tal vez solo el sexo más tarde, pero no en el coche como un par de adolescentes cachondos.

Entraron al restaurante y la recepcionista los llevó a un reservado en la parte de atrás donde estaban sentadas otras dos parejas.

—Oh, por el amor de Dios —escuchó el siseo de Dylan y echó un vistazo a los reservados ocupados.

Sherri vio a Candi sonriéndoles desde un reservado y a Tommy Garrett en el otro.

—Puedes decirme de vuelta lo que me dijiste —dijo Sherri mientras Tommy le miraba los pechos, sonriendo lascivamente.

—Vaya, miren quién vino a comer a nuestro pequeño Applebee's —se burló Candi—. La famosa *Whiskey Treat.*

—Déjalo ya, Candi —gruñó Dylan mientras Laura Garrett se volteaba para mirarlos.

Esto va a ser peor que la maldita escena en el Best Western.

—¿Quieres ir a otro lugar? —preguntó Dylan antes de tomar asiento.

Sherri miró la cara sonriente de Candi.

—No, no voy a dejar que la basura de las casas rodantes me impida disfrutar de una buena comida.

Dylan se sentó, sonrió, y tomó su mano por debajo de la mesa.

—Me parece muy bien —susurró y le besó la mejilla.

—Mi madre todavía está investigando qué hacer para que saquen tu libro de mierda de los estantes, Sherri.

—¿Ah, sí? —respondió Sherri— ¿cuál? He publicado más de una docena.

Candi se puso de pie de un salto.

—Ya sabes cuál. El libro en el que me destrozaste a mí, a mi familia y a todos los de la Secundaria Barrett.

Se volvió hacia la otra mesa.

—Incluso sé qué personajes de ese libro se supone que son Laura y Tommy.

Estoy segura de que ellos también lo sabrían si lo leyeran.

—Sherri recibió hoy una gran noticia de su agente de Nueva York —dijo Dylan mientras fingía leer el menú—. Acaba de vender ese libro a un productor quien va a hacer un programa en el canal CW Network. ¿No es genial?

La cara regordeta de Candi palideció.

—Voy a demandarte, Lambert—murmuró— y también lo hará la mitad de este pueblo.

Candi abandonó su mesa y se acercó apresuradamente a Dylan.

—Ese libro te difama tanto como a mí, Dylan. No puedo

creer que quieras que te vean en público con ella. Se le abrió de piernas a media ciudad. Tu madre debe estar furiosa contigo.

—Solo es difamación si no es verdad y según recuerdo, éramos unos chicos bastante malvados en la secundaria. ¿No nos llamaban Los Engreídos porque éramos demasiado desagradables con la gente? Y aparte, mi madre me deja elegir mis propias citas, por cierto.

—Estoy segura de que no estaría muy feliz si te viera con esta pequeña zorra —resopló Candi.

—Eso es exactamente lo que solía decir de ti, Candi. Me dijo que solo había una razón por la que yo querría salir con una sucia mujerzuela como tú —le replicó Dylan.

Su esposo sonrió y le mostró a Dylan un pulgar arriba a espaldas de su esposa.

—Eso es muy cruel, Dylan. Siempre le gusté a tu madre, y creo que se entristeció cuando rompimos porque pensó que yo iba a ser su nuera algún día.

Dylan soltó un bufido.

—Mi madre no te soportaba, Candi, y me compró un coche nuevo cuando rompimos como recompensa por haber entrado en razón.

Candi se volteó hacia su sonriente esposo.

—¿Estás listo para irte? Perdí el apetito.

—Yo no —se quejó su esposo sin moverse de su asiento—. Espérame en el coche. Haz de cuenta que no quieres sentarte aquí conmigo.

Cogió su bolso del asiento y salió furiosa.

—La verdad duele, ¿verdad, Candi? —le gritó su marido mientras se alejaba.

Luego, se volvió hacia Dylan.

—Vamos a tener que coordinar nuestras cenas más a menudo, amigo mío —dijo con una sonrisa y guiñando un ojo—. En casa, la vida es mucho más fácil después de que alguien pone a mi querida esposa en su lugar y ustedes amigos hacen un gran trabajo en dejarla en el lugar que le corresponde.

Cuando la cena llegó, la disfrutaron en paz. Los Garretts se fueron sin decir una palabra, aunque Tommy saludó con la cabeza a Dylan y Sherri pudo sentir cómo sus ojos se desviaban hacia su escote. El esposo de Candi se fue después de terminar los platos de él y de Candi.

—Fue divertido —dijo Dylan mientras caminaban de regreso al coche.

Tal vez para ti.

—Fue agotador —suspiró Sherri y se deslizó en el asiento —. No me gustan las discusiones.

Volvieron a la casa con la radio sintonizada la clásica estación de rock, escuchando a Led Zeppelin. *Stairway to Heaven* ambientó el paseo.

—Amo esa canción —dijo Sherri mientras terminaban los últimos acordes suaves de guitarra y comenzaba un comercial de un servicio de neumáticos local.

—Es buena —dijo Dylan— pero soy más admirador de Skynard.

—A mí también me gusta el rock sureño —dijo— pero Stevie Ray es mi preferido.

—Los Allmans también son buenos —dijo Dylan mientras movía la cabeza al rito de *Desperado*.

Sherri volteó su cabeza para mirar fijamente la silueta de Dylan mientras conducía por la carretera con la luna brillando en el cielo otoñal. Los árboles habían perdido sus hojas y las ramas desnudas se extendían como dedos esqueléticos desde los arbustos. Empezó a sonar *Witchy Woman* de Los Eagles y un escalofrío le recorrió la columna vertebral.

—¿Por qué no me dijiste lo de Miles Tucker y mi casa? — hizo la pregunta que la había perseguido desde la noche en el Best Western.

La cabeza de Dylan dejó de moverse al ritmo de la música y se volvió para mirar a Sherri. Su mirada sombría le provocó otro escalofrío. Ella había visto esa mirada sombría antes... en los ojos de Miles Tucker.

—¿Sabes que éramos parientes?

Sherri asintió con la cabeza.

—Louis lo mencionó y cuando regresé a ese libro y estudié las fotografías, noté un fuerte parecido entre ustedes dos.

No voy a decirte la verdad de cómo vi el parecido.

Dylan se puso una mano en la cara y se frotó el bigote.

—¿En serio?

—Te ves igual que él —respondió.

—Vaya —suspiró y bajó el volumen de la radio—. Era el tío de mi madre. Me llevó a tu casa una vez cuando era un niño. Nos estacionamos con el coche en el frente y me habló de él.

Dylan giró hacia la entrada de la casa y se estacionó frente al porche.

—Me dijo que nunca hablara de él porque era una vergüenza para la familia—. Dylan soltó un largo suspiro. —Supongo que me dio un buen susto porque nunca lo había hecho hasta este momento.

—¿Eras el niño pequeño con la señora malvada en el gran coche rojo? —preguntó Sherri, con los ojos muy abiertos—. Siempre me pregunté quiénes eran ese día. El abuelo dijo que eran solo otros mirones.

—Tenían muchos de esos, ¿verdad? —preguntó con una ceja levantada.

—Recuerdo unos cuantos —dijo ella—. Mi abuelo siempre decía que era porque nuestra casa era el punto más alto del condado, y pensaba que había sido un puesto de avanzada durante la guerra civil o algo así.

Sherri se encogió de hombros.

—Supongo que era por otra cosa, ¿no?

—Sí —dijo— la casa del último hombre colgado en este estado.

—Y ahora es mía —suspiró.

Dylan se acercó, tomó su mano y sonrió.

—Podrías escribir un libro con eso —se encogió de hombros. —Nunca se sabe.

Sherri recordó sus experiencias en la casa y le devolvió la sonrisa. —Sí, nunca se sabe.

Se acercó a ella, se inclinó y la besó. Sus labios se sentían cálidos sobre los de ella mientras presionaba insistentemente con su lengua.

Creo que él quiere esto tanto como yo, pero no en el maldito coche esta vez.

Sherri se apartó cuando los dedos de él encontraron su pezón.

—¿Quieres que sigamos adentro?

—¿El apretado espacio arruinó el clima? —preguntó con una sonrisa.

—Sí, algo así —dijo ella con una risita—. Ya no soy tan ágil como antes.

Se enderezó en el asiento y se desabrochó el cinturón de seguridad.

—Mi cama es mucho más cómoda.

—No puedo esperar a averiguarlo.

Se soltó el cinturón de seguridad y abrió la puerta.

Quiero que la pasemos bien los dos.

Sherri sonrió cuando vio el bulto en la parte delantera de sus pantalones mientras se dirigía a la puerta del acompañante. Él gimió de placer cuando ella le dio un apretón juguetón después de que le abrió la puerta del coche y se acercó para ayudarla a salir.

Todo un caballero. Me pregunto qué haría si le bajara la cremallera y le diera un beso aquí mismo. Dijo que le gustaba lo espontáneo. Veamos si eso es cierto.

Sherri se sentó de nuevo en el coche, lo jaló hacia ella, y masajeó el bulto en los pantalones de Dylan mientras él se quedaba de pie gimiendo suavemente. Se estremeció un poco cuando la mano de ella le bajó la cremallera, luego le desprendió el cinturón y le desabrochó los botones de los vaqueros.

—Joder, mujer —suspiró cuando Sherri lo acercó a ella y besó la cabeza de su palpitante pene—. Estás llena de sorpresas —jadeó—. Oh, mierda —gimió cuando ella lo deslizó en su boca y comenzó a lamer la base de la gran cabeza con su lengua.

Sherri sintió que él empezaba a temblar y sonrió.

Sí, estoy llena de sorpresas. ¿Y tú, muchachote?

—Sigue así y voy a acabar en tu boca antes de tener la oportunidad de disfrutar de ese coño.

Bueno, no podemos permitir eso. ¿O sí?

Sherri se echó atrás pero le dio a su erección un último roce con su lengua. Se puso de pie y le sonrió a Dylan.

—Mi coño necesita un poco de diversión.

—Genial —dijo, y la tomó en sus brazos de nuevo para darle un largo y ardiente beso.

Me alegra saber que no es uno de esos idiotas que no besan a una chica después de que ella ha tenido su polla en la boca.

Sherri abrió la puerta y entraron a tientas. Se quitó las botas a mitad de la sala mientras se sacaba la chaqueta y la arrojaba al sofá.

—Maldición, eso es excitante —suspiró Dylan mientras la miraba de pie, descalza, con solo un corpiño ajustado y sin tirantes y los vaqueros.

Él ya se había quitado la camisa y estaba de pie con su musculoso pecho desnudo, sus vaqueros abiertos y su erecto pene listo. Sherri respiró hondo e intentó ignorar su palpitante y húmedo coño entre sus piernas.

Ha pasado demasiado tiempo.

Su última relación había sido hace más de un año con un camionero que había conocido a través de un sitio de citas en Internet. Era guapo y excitante, y la llevaba a clubes a los que nunca había ido.

Había sido divertido pero todo terminó cuando decidió casarse con una técnica de laboratorio en Phoenix que también había conocido en el sitio de Internet. Le había dolido y había jurado alejarse de los hombres durante mucho tiempo. Había cancelado su suscripción al sitio de citas y se negó a involucrarse con otros hombres que no fueran los de sus libros. Hacía mucho tiempo que no deseaba uno.

Demasiado tiempo, pero ¿puedo soportar ese tipo de dolor otra vez?

Sherri comenzó a desprender los ganchos de su corpiño uno por uno hasta que sus pesados pechos quedaron libres. Retrocedió hasta perderse en el oscuro dormitorio y dobló su dedo índice haciéndole señas para que la siguiera.

—Entra aquí y te mostraré lo que es excitante.

Esto va a ser divertido.

18

Unos golpes en la puerta despertaron a Sherri y se dio vuelta para echar un vistazo al reloj que estaba junto a su cama.

Mierda, son casi las siete y los chicos ya están aquí.

Sacudió el hombro de Dylan.

—Despierta, Dylan. Jeremy y los chicos están aquí.

—¿Qué? —pegó un grito mientras se sentaba con rapidez en la desordenada cama—. Mierda —se quejó cuando volvieron a golpear la puerta—. Debería haberme ido de aquí hace horas.

Sherri sonrió y besó su mejilla rasposa.

—Estabas ocupado hace unas horas.

—Tienes razón —dijo y se levantó de la cama para buscar sus vaqueros tirados en el piso— pero esto queda muy mal y es muy poco profesional.

¿De qué está hablando?

—Dios mío —suspiró Sherri mientras sacaba de un tirón su bata del respaldar de la cama y se la ponía. —Somos dos adultos, no un par de niños.

—Pero tú eres mi cliente, Sherri. No deberíamos haber hecho esto —dijo mientras se ponía el cinturón con torpeza tratando de apurar las cosas.

Te refieres a que tu cuadrilla no nos debería haber atrapado haciendo esto.

—¿Cúal de las veces?— le replicó Sherri con brusquedad mientras cruzaba la sala de estar para abrir la puerta y dejar entrar a la cuadrilla.

—¿Te despertamos de nuevo, Sherri? —preguntó Jeremy mostrando una sonrisa en su joven rostro—. ¿No es el coche del jefe el que está ahí fuera?

Sherri recogió del piso la camisa y el chaleco de Dylan. Se los arrojó al dormitorio donde él estaba sentado con una mirada de vergüenza en su cara que la hizo querer gritar.

—Sí —replicó Sherri mientras se dirigía a la cocina para hacer café— también lo despertaron a él.

Los hombres se rieron genuinamente y luego se quedaron en silencio. Dylan se dirigió al baño sin dirigirle la mirada y cerró la puerta de un portazo.

¿De verdad está tan avergonzado de que nos pillen juntos? Es la maldita secundaria de nuevo. Él es el pez gordo del instituto y sus amigos lo pillaron divirtiéndose con la zorra del instituto. A la mierda con esto.

Sherri pasó por delante de los hombres sonrientes, entró en su habitación con lágrimas en los ojos y cerró la puerta tras ella. Enterró su cara en la almohada y comenzó a llorar.

Alguien golpeó la puerta. Sherri se sentó en la cama y se limpió la cara mientras Dylan entraba y cerraba la puerta.

—Lo siento, Sherri —se lamentó sin mirarla a los ojos—. Lo que pasó fue un error y nunca debería haber ocurrido entre nosotros.

—Solo vete, Dylan —dijo Sherri intentando contener las lágrimas.

—El proyecto está casi completo —continuó—. Dejaré a Jeremy a cargo para que lo termine.

Así que vas a hacer lo de «tocar y huir», ¿eh? Es lógico. Eres el mismo imbécil cobarde que siempre fuiste. No has cambiado.

—Sal de mi maldita casa, Dylan —gritó y le lanzó la almohada empapada de lágrimas a Dylan, quien abrió la puerta del dormitorio y salió antes de que ella pudiera encontrar algo más consistente para lanzarle.

Sherri se hundió de nuevo en la cama y sollozó. ¿Cómo pudo pasar de sentirse tan feliz a esto en tan poco tiempo? Después de una hora, escuchó un suave golpe en la puerta.

—Pase —dijo y se sentó, cubriendo su pecho con la bata.

Jeremy entró con una taza de café humeante.

—Pensé que podrías necesitar esto —le dijo y le entregó la taza.

—Gracias —agradeció ella en voz baja y tomó el café que él le ofreció.

—Los chicos de la caldera están aquí. Les mostré por dónde empezar, pero probablemente se va a poner ruidoso con ellos caminando por el desván y colocando los conductos y todo eso. El equipo del techo estará allí arriba terminando su trabajo también hoy.

Le dio una palmadita en el hombro.

—Creo que se verá bien. El conducto que usan está pintado de marrón y no es brillante ni está galvanizado como otros.

—Eso es bueno —dijo con una sonrisa forzada—. ¿Y tu cuadrilla que está haciendo hoy?

—Tenemos que instalar otras dos ventanas y las puertas exteriores —respondió— y luego las puertas interiores nuevas. Ben y Mel están empezando a poner las contraventanas hoy también.

—Parece que va a ser un día muy ocupado —dijo y tomó un sorbo de su café—. ¿Cuánto tiempo te dijeron los chicos de la bomba de calor que tardarían?

Jeremy se encogió de hombros.

—Normalmente les lleva un par de días. Hemos hecho trabajos como este con ellos antes.

Sherri miró hacia las descoloridas tablas del suelo y suspiró, recordando la voz suplicante de Molly mientras rogaba que le dieran un entierro adecuado.

Sé que lo prometí, Molly, pero tengo miedo de mirar.

Jeremy salió de la habitación y Sherri se levantó y se vistió. Recogió su chaqueta y sus botas de la sala de estar y las guardó de nuevo en su armario.

Bueno, fue divertido, pero ya se acabó. Nunca debió haber empezado nada en primer lugar. Como dijo Dylan, nunca debió haber pasado. Fui tan tonta.

—El jefe nunca dijo lo que querías hacer con estas paredes, Sherri —dijo Jeremy, mirando otra vez las manchas marrones del viejo empapelado—. Necesito saberlo antes de que realicemos el trabajo de acabado en las ventanas.

—Saca todo hasta que se vean los troncos —suspiró—. No tiene mucho sentido tener una maldita cabaña de troncos si no los puedes ver.

—¿Sacamos todo? —Preguntó con confusión en su rostro—. Probablemente te va a costar más.

Sherri sonrió al joven.

—Ahora es tu proyecto. Llama a Bobby y solicita el costo actualizado por quitar este viejo yeso y teñir los troncos. Este proyecto te pertenece ahora. Hazlo tuyo, Jeremy.

—Sí, señora —dijo con entusiasmo y sacó su teléfono.

Espero que el chico reciba el crédito por todo el maldito trabajo. Creo que le enviaré un correo electrónico a Bobby diciéndole.

Jeremy regresó avergonzado.

—Bobby dice que serán otros diez mil dólares.

—No hay problema —dijo Sherri—. Te daré un cheque para que lo lleves a la oficina esta tarde.

—Gracias, Sherri —dijo con un suspiro de alivio—. Pondré a algunos de los chicos a trabajar en eso de inmediato.

Sherri se puso un suéter, recogió su portátil y salió a disfrutar de la tarde soleada sentada en la hamaca. En la carretera frente a la casa estaban estacionados dos camiones conocidos junto con dos furgonetas blancas. En los laterales, se leía la leyenda «Fontanería y Calefacción Garrett».

¿En serio?

Sherri apartó a los hombres de su mente y se concentró en reescribir los primeros capítulos, incorporando algunos de los cambios que Inga le había sugerido después de hablar con el editor de la casa editorial. A Sherri no le gustaba trabajar de esa manera, pero con todo el dinero que le habían prometido, pensó que podía hacer una pequeña excepción.

Estaba sumergida en la historia y no sacó la vista de la computadora cuando otro camión se detuvo en la carretera.

—¿Escribiendo otro de tus libros de porquería llenos de sexo, Sherri? —preguntó una voz.

Levantó la vista de su portátil y vio a Tommy Garrett de pie frente a ella con un cuaderno en la mano.

De verdad no necesito esto hoy.

—A decir verdad, sí —respondió y miró fijamente la pantalla—. No sabía que estuvieras en el negocio de los calentadores, Tommy.

—Ahora solo es Tom. Me hice cargo del negocio del tío Gene cuando se retiró hace unos años —dijo y se lamió los labios—. Te ves bien, Sherri. Pensé que iba a eyacular en mis calzoncillos anoche en Applebee's.

Se frotó la entrepierna y sonrió.

—¿Has pensado en reunirnos para divertirnos un poco?

Sí, he estado pensando mucho en que nunca va a suceder.

—Aún sigues casado, Tommy, y no, no lo he pensado en absoluto.

La puerta se abrió de golpe y Jeremy salió corriendo con el teléfono de ella sonando.

—Pensé que esto podría ser importante —dijo entregándole el teléfono.

—Oh, hola, señor Garrett —saludó Jeremy— los chicos ya están avanzando bastante ahí dentro.

Gracias, Jeremy. Te debo una.

Sherri no reconoció el número, solo sabía que era local.

—Hola, habla Sherri Lambert.

—Hola, Sherri, soy Louis Cummings de la biblioteca.

—Oh, hola, Louis. ¿Qué puedo hacer por ti?

—Me preguntaste sobre esas mujeres desaparecidas y la relación con Miles Tucker la última vez que hablamos.

—Sí —respondió con gran interés—. ¿Qué has averiguado?

—Me temo que no mucho —suspiró—. Revisé todo lo que pude encontrar sobre Tucker, y luego todo sobre las personas desaparecidas que fueron reportadas durante los años en los que estuvo vivo.

—¿Y? —preguntó y sintió el vacío en su estómago.

—Hay pruebas de que en el año 22 estaba saliendo con una mujer llamada Maude Baker quien luego desapareció. Cuando le preguntaron por ella, Tucker dijo que se había escapado con un hombre que conoció en una taberna. Era una fiestera muy conocida y el caso fue abandonado.

¿Así que Maude Baker, eh? Supongo que ella es Maudie.

—Unos años después —agregó Louis— la familia de Tilly Threewit informó que Tilly había desaparecido y dijo que había pasado tiempo con Tucker.

—¿Y supongo que ella también se escapó con otro hombre?

Louis resopló.

—Exactamente, aunque las autoridades lo presionaron un poco más esta vez. Los Threewits eran una familia de granjeros bastante exitosa en ese entonces.

—¿Es la misma familia que es dueña del mercado de productos en la ciudad? —preguntó Sherri, recordando haber ido con su abuelo al mercado situado en un viejo almacén para comprar nueces y cítricos durante la temporada navideña.

—Así es —respondió—. Ofrecieron una gran recompensa por el paradero de la niña, pero nunca consiguieron nada.

Hizo una pausa antes de continuar.

—Estoy muy familiarizado con esta última chica.

—¿Con Tilly?

—No —dijo en voz baja—con Molly, Molly Cummings. Era la prima de mi abuelo y desapareció en el año 27.

—Oh, Dios —exclamó Sherri— ¿cuál fue su historia?

Louis se aclaró la garganta.

—Fue durante la Prohibición —dijo— y Tucker era varios

años mayor que Molly, pero era contrabandista y tenía dinero.

—Al igual que lo que sucede hoy con las chicas jóvenes y los pandilleros que ganan dinero vendiendo drogas. Seguramente ella se sintió atraída por su dinero, y él tampoco era un hombre feo.

Tal vez no debería haber dicho eso. ¿Cómo podría saberlo? Todas las fotos que vi eran bastante viejas y de mala calidad.

—No puedo afirmar eso —Louis resopló— pero desapareció después de que Tucker la sacara a rastras de una taberna donde había conversado con mi abuelo.

Escuchó a Louis respirar profundamente.

—Hasta su último día, mi abuelo juró que Tucker le había hecho algo a Molly y le rompió el corazón que colgaran al bastardo antes de que pudieran sacarle alguna respuesta.

—Era una chica que le gustaba salir de fiesta y que se relacionaba con el tipo de hombre equivocado y a las autoridades no les importaba un comino —suspiró Sherri.

—Algo así —dijo Louis—. Espero que esto ayude. Es todo lo que pude encontrar.

—Gracias, Louis. Fue de gran ayuda. Estoy reuniendo algunas anotaciones para escribir un libro acerca de Tucker. Puede que necesite que nos reunamos en algún momento para sacar copias de todo lo que tengas sobre él y sobre las mujeres desaparecidas. Creo que sería un buen ángulo para la historia.

—Vaya —exclamó—. Eso sería increíble. Solo se ha escrito un libro sobre él y han dejado muchas cosas afuera. Creo que es hora de escribir otro —.Dio un respiro—. Por toda la ciudad corre el rumor de que vas a poner nuestra pequeña ciudad en la televisión. ¿Es eso cierto?

Seguro que Candi esparció esa mierda alrededor de Barrett muy rápido.

Sherri se rió.

—Mi agente ha estado compartiendo mis libros con algunos productores —dijo— pero todavía no hay nada confirmado.

—Hoy estuve en la librería y Jill me dijo que tus libros se han agotado. Deberías llamarla o dejar algunas copias. Parece que se están vendiendo como pan caliente.

—Gracias, Louis. Llamaré a Jill.

Cortó la llamada y echó la cabeza hacia atrás, riéndose.

Oh, mi señor. Tal vez debería hacer correr más rumores. Mejor aún, deja que Candi empiece algunos. Debe ser la maldita publicista más barata que existe.

19

Con todo el desorden dentro de la casa, Sherri pasó la mayor parte de lo que quedaba de la semana de trabajo en el porche junto a su computadora portátil. Terminó de reescribir los tres capítulos, se los envió a Inga, y revisó el bosquejo de sus tres libros.

Puedo sentir que esto va a tener éxito. Ha sido divertido hasta ahora.

Después de hablar con Louis, revisó los mensajes de su teléfono y encontró una llamada de la librería pidiendo más libros y además, otra firma de libros. Ordenó más copias de inmediato, llamó a la tienda y programó una firma de libros para el próximo viernes, el día después de Acción de Gracias y el día de compras más activo del año.

El viernes recibió una llamada de Inga.

—No vas a creer esto —dijo su agente sin aliento.

—¿Qué? —preguntó Sherri, sintiendo la emoción de Inga.

—Acabo de recibir una llamada de los que trabajan en el canal CW. Quieren comprar los derechos de ese pequeño libro que tú misma publicaste, *Esperanza perdida*. ¿Puedes creerlo? Piensan que será una gran contribución a su programación para adolescentes que piensan emitir durante la próxima temporada.

Tiene que estar bromeando.

—Vaya —respondió, tratando de sonar emocionada—. ¿Por cuánto?

—Todavía estoy negociando —dijo— pero ofrecieron más de lo que hubiera imaginado. Tu nombre se está difundiendo, chica. Veo mucho dinero en nuestros futuros. Ahora estoy llevando los libros de *Westerns* a HBO y a Showtime y ambos suenan muy interesados ahora que el CW aceptó hacer negocios contigo.

Oh, vaya. ¿No sería fantástico? ¿Mis libros en HBO? Muévete George R.R., Whiskey Treat está entrando en tu territorio.

—Eso es genial, Inga. Mantenme informada.

—Tal vez quieras pensar en una continuación para *Esperanza perdida*. Querrán material para hacer al menos tres temporadas. Estoy segura de que sus escritores se pondrán en contacto si firmamos.

—Lo pensaré seriamente. Gracias, Inga, —agradeció y cortó la llamada.

No puedo creerlo. Tal vez debería llamar a Dylan y darle las gracias.

Dylan no había vuelto a la casa ni llamado. Odiaba admitirlo, pero lo extrañaba terriblemente. Jeremy dijo que creía que había vuelto a Mississippi a visitar a su hija y a su nieto.

Es mejor así. De todas formas, parece que ahora debería centrarme en mi carrera.

Una de las cosas que Jeremy se había propuesto hacer por sí mismo era construir la pared de piedra que ella quería en la cocina y una vez que terminó, quedó estupenda. La nueva bomba de calor calentaba la casa y Sherri había comprado cortinas y alfombras nuevas. Ya que la cocina no había llegado todavía, seguía viviendo a base de bagels tostados y comidas para microondas. Con suerte, todo cambiaría la próxima semana, cuando llegaran las nuevas alacenas.

El lugar se ve hermoso. Desearía que Dylan estuviera aquí para ver el progreso.

Durante el fin de semana, Sherri disfrutó de la tranquilidad; se puso al día con la lavandería y se acurrucó en el sofá junto con su portátil para dedicarse a escribir un buen rato. Sus párpados comenzaron a caerse, por lo que dejó la computadora a un lado y los cerró.

No he podido dormir una siesta en semanas. No hay nada como el presente, supongo.

El olor a cigarrillo la despertó, y Sherri abrió los ojos en un cuarto oscuro. Frente a ella, en el sillón, estaba sentado un hombre con un cigarrillo colgando de sus labios. Con ayuda de sus manos, se sentó en el sofá.

—Me gusta lo que has hecho con el lugar, muñeca —dijo él — pero necesitas unos ceniceros. Es una pena ensuciar estos lindos pisos con cenizas y colillas.

—¿Miles? —preguntó Sherry—. ¿Qué estás haciendo aquí? No moriste en este lugar, y tuviste un entierro adecuado, así que, ¿qué haces aquí?

Él resopló, se quitó el cigarrillo de la boca y le dio unos golpecitos para que las cenizas cayeran al suelo.

—No fue un funeral apropiado con un pastor. Me colgaron del cuello y me metieron en una vieja caja de madera de pino. Luego me enterraron en una tumba sin nombre en el cementerio de la ciudad. Si quiero, soy libre de visitar a mis chicas de vez en cuando —dijo con una risa profunda que le recordó a Dylan—. También te he visitado a ti —agregó con una sonrisa mientras apretaba su entrepierna—. ¿Quieres darme un poco de ese dulce ahora o lo estás guardando para ese tonto sobrino mío?

—No le voy a dar nada a ninguno de los dos. Los dos son unos cerdos, pero al menos Dylan nunca asesinó a nadie.

De repente, Miles estaba al lado de Sherri en el sofá.

—Oh, vamos, muñeca —dijo él posando una mano sobre su pecho con firmeza—. Sabes que te gusta. Siempre te ha gustado.

Oh, mi Dios. Soy un imán para los imbéciles. No importa si están vivos o muertos.

—Deja a la muchacha en paz, papi —pidió una suave voz femenina.

Ambos giraron rápidamente sus cabezas y vieron a Molly parada en el extremo del sofá con su brillante vestido azul.

—Molly, muñeca.

Miles soltó un suspiro y apartó a Sherri de su lado.

—Te he echado de menos, muñeca —dijo y corrió hacia los brazos extendidos de Molly.

—Yo también te he echado de menos—contestó y puso los ojos en blanco mientras miraba a Sherri—. Entremos aquí y juguemos un rato.

Le dirigió una sonrisa al hombre, lo condujo al dormitorio, y la puerta se cerró tras ellos.

Genial. Espero poder quitar de las sábanas las manchas de la polla de un tipo muerto.

—Esto tiene que terminar pronto, muñeca —susurró otra voz femenina.

Sherri miró al sofá y se dio cuenta de que Tilly y Maude estaban sentadas junto a ella.

—Lo sé —respondió Sherri— y así será.

Ambas bebían un líquido claro servido en vasos altos con rodajas de lima encajadas en los bordes.

Me vendría bien un gin-tonic ahora mismo o un buen trago de Jack Daniels. Tengo que comprar algo de eso la próxima vez que esté en la ciudad.

—Tilly —susurró Sherri—. Sé quién es tu familia y le prometí a Molly que me encargaría de llevar sus cuerpos a sus familias para que tengan un entierro apropiado.

Sus ojos se dirigieron a la otra mujer.

—Pero no sé quién es tu familia, Maude. ¿Dónde debería ir a buscarlos? ¿Tenías hermanos o hermanas? ¿Primos?

Maude negó con la cabeza.

—Todos mis parientes están muertos y esperando a que yo cruce —respondió con tristeza— pero nosotros somos de Upton. Mi papá ya estaba muerto cuando me escapé con Miles y mi mamá murió poco después. Tenía un hermano —suspiró— pero murió en el colapso de una mina en 1922. Supongo que no queda nadie que le pague al pastor para que diga unas palabras.

Una lágrima se deslizó por su pálida mejilla.

—No te preocupes —prometió Sherri— un pastor dirá unas palabras por ti y tendrás el funeral más grande que este condado haya visto.

—¿De verdad? —dijo con entusiasmo—. Me gustaría un bonito ataúd blanco con un suave forro de satén. He estado acostada en el suelo frío y duro durante demasiado tiempo. Querría descansar en algo cómodo ahora.

Una sonrisa se formó en el rostro de Sherri.

—Creo que podemos lograrlo.

Su teléfono sonó con un mensaje de texto y sobresaltó a Sherri. Rebuscó entre los papeles de la mesa de café hasta que encontró su teléfono y lo levantó.

El mensaje era de Dylan y su dedo pasó por encima de la pantalla mientras decidía si quería abrirlo o no. Finalmente respiró profundamente y abrió el texto. Sherri dirigió su mirada hacia el sillón, pero las mujeres se habían ido.

DR: Supongo que todavía estás enfadada conmigo.

¿Estás bromeando? Por supuesto que sigo enfadada contigo.

SL: Sí, lo estoy.

DR: OK

¿OK? ¿Solo un «OK»? Bueno, está bien entonces. Ya me cansé de esta mierda.

Sherri esperó otro mensaje, pero cuando no llegó ninguno, lanzó el teléfono sobre la mesa y se acurrucó de nuevo en el sofá. Dejó que las lágrimas brotaran por un rato, luego se levantó y se dio una ducha caliente.

Le encantaba el nuevo baño y había comprado una cortina de encaje con volados que colgaría alrededor de la bañera y otra igual para la ventana para que combinara. Una lata de pintura azul turquesa que se usaría para pintar las paredes una vez que se instalaran los paneles de madera y las molduras se encontraba en una de las esquinas.

Esta es la casa en la que crecí, pero ahora es diferente. La estoy haciendo mía. Ya no es la casa de mis abuelos y tampoco es la casa de Miles Tucker. Es mi casa.

20

Cuando Jeremy y la cuadrilla llegaron el lunes por la mañana, Sherri los estaba esperando en la cocina con café y una gran caja de donas.

—¿Donas? —preguntó Jeremy con el ceño fruncido—. ¿Qué sucede?

Sacó un dona cubierta de mermelada de la caja.

—¿Qué proyecto tienes para nosotros ahora?

—He estado pensando mucho en la sangre de la pared y en la mancha del suelo que hay debajo —le dijo a Jeremy, el fanático de las historias de crímenes.

—¿Y? —preguntó él con la ceja levantada mientras recibía la taza de café que le ofrecía Sherri.

Ella respiró hondo.

—Y... —dijo ella— quiero que levantes el piso del dormitorio para ver qué hay debajo. Me ha dejado pensando, y tengo que saber qué hay ahí abajo.

—¡Sí! —gritó y lanzó victorioso su puño al aire—. Sabía que lo verías como yo lo veo.

Los otros hombres gimieron y sacudieron sus cabezas con decepción.

—No deberías alentarlo, Sherri. Ya se cree que es Sherlock Holmes o algo así.

—Cállate, Mel —dijo Jeremy con una mueca de enfado en su cara—. Sherri lo entiende. Ella ve las pistas y puede sumar dos más dos como yo.

Aunque yo he visto algunas otras pistas.

—Sherri es escritora —contestó Mel mientras agarraba su segunda dona—. Le pagan por crear algo de la nada.

—Esto no es «nada» —replicó Jeremy—. Algo malo pasó aquí. La sangre en esa pared lo demuestra.

—Ni siquiera sabes si eso era sangre, chico —dijo Mel con una carcajada—. Probablemente algún niño salpicó su leche con chocolate en la pared.

Todos los hombres se rieron excepto Jeremy, y Sherri sintió pena por él, pero sabía que le creerían al levantar ese piso.

Solo aguanta, chico. Podrás hacer que se coman sus palabras más tarde.

Vació su taza con el ceño fruncido.

—Empecemos —dijo Jeremy y se alejó de la mesa—. ¿Cuánto quieres que levantemos? —le preguntó a Sherri.

—Creo que probablemente deberías ocuparte de toda esa superficie dispareja —contestó y vio a Mel poner los ojos en blanco.

Sherri ya había movido la cama a un lado y recogido las alfombras para dejar al descubierto las tablas del suelo agrietadas y astilladas.

—¿Crees que puedes levantarlas sin hacerles mucho más daño? —preguntó ella.

—Tenemos un montón de cosas en el almacén con las que podemos reemplazarlas —respondió Jeremy— pero tendremos cuidado de todos modos.

Sherri le agradeció y luego se dirigió a la cocina para limpiar las cosas. Llevó su portátil hacia la cocina y esperó.

Jeremy recibió más tomadas de pelo y Sherri sonrió mientras escuchaba las bromas que venían de su dormitorio.

—Jesús, María y José —escuchó a Mel gritar y supo que habían encontrado algo.

Sherri se puso de pie y corrió hacia el dormitorio. Se encontró con un Benny muy pálido en la sala de estar.

—¿Qué es? —preguntó ella.

—Será mejor que llame al sheriff, señora, —murmuró— hay un esqueleto ahí abajo.

Más de uno, si no me equivoco. Me alegro de que ya no le tomen el pelo a Jeremy.

Benny se apresuró a salir, se aferró a un poste del porche y vomitó sobre los crisantemos. Sherri entró en la habitación y vio a los otros cuatro hombres inclinados sobre un agujero en el suelo. Uno sostenía la lámpara de su mesilla de noche sobre la abertura y otro una linterna.

—¿Qué encontraron? —preguntó Sherri en voz baja mientras se acercaba a ellos.

—Es un maldito cuerpo —dijo Jeremy con una mezcla de alegría y terror en su mirada—. Una mujer, creo. Parece que tiene puesto una especie de vestido.

En el agujero, Sherri vio huesos amarillos envueltos en una prenda que no podía reconocer. Trozos de piel seca y pelo marrón se aferraban a un cráneo sonriente.

Es Maude o Tilly. Molly vestía de azul y su pelo era rubio, no marrón.

—Supongo que será mejor levantes el resto del piso —dijo con la mano en el pecho—. Llamaré al sheriff.

Para cuando llegó un ayudante del sheriff, Jeremy había descubierto los restos de otras dos mujeres y Sherri supo que una de ellas era Molly.

Alrededor del cadáver en descomposición, Sherri vio restos de tela azul y había cuentas azules y flecos esparcidos por todos lados. Unos cuantos rizos rubios aún se aferraban al pequeño cráneo amarillento.

La sangre de su vestido debió atraer a ratones y ratas que se alimentaron de ella y con el tiempo esparcieron las cuentas.

—¿Este es el lugar donde están los cuerpos? —preguntó al llegar a la puerta un ayudante barrigón que apestaba a humo de cigarrillos.

—Sí —contestó Sherri y le mostró el dormitorio donde habían prendido más luces.

—Todos ustedes tendrán que salir de aquí —gruñó el ayudante—. Están pisoteando la escena del crimen.

—Señor —dijo Jeremy con desprecio y señaló la abertura en el piso— esto no ha sido una escena de crimen por varias décadas. Estos cuerpos han estado aquí abajo durante años.

El corpulento ayudante se acercó y se asomó al agujero donde vio a tres cráneos que le sonreían.

—Oh, mi señor —murmuró y retrocedió a trompicones—. Voy a... eh... voy a reportar esto y voy a llamar al forense.

Salió corriendo de la casa y se dirigió a su coche patrulla.

—Es una fuerza policial de alta calidad —dijo Jeremy entre risas—. Probablemente no supo cómo salir de una bolsa de donas llena de flechas de neón que le señalaban la salida.

—Parece que estaba demasiado ocupado comiéndolas —agregó Benny, y todos se rieron.

Jeremy soltó una carcajada.

—No confiaría a ese imbécil ninguna escena del crimen.

Una hora más tarde, la camioneta del forense y otros dos vehículos de la policía del condado estaban estacionados en la entrada de la casa con las luces parpadeando.

—Soy el detective Summary — le informó a Sherri mientras le extendía la mano un hombre de mediana estatura con el pelo bien arreglado que alguna vez había sido rojizo, pero que ahora estaba cubierto de canas.

—¿Mack Summary? —preguntó ella con una sonrisa mientras le estrechaba su mano—. Soy Sherri Lambert.

Mack era de un grado superior a ella en la Secundaria Barrett y se había casado con una chica que vivía cerca de su casa. Ambos habían asistido a la misma pequeña escuela primaria.

—Sí —contestó él devolviéndole la sonrisa—. He oído que has vuelto a la zona y que eres escritora de televisión o algo así.

Miró hacia la luminosa habitación.

—¿Qué está pasando aquí? Escuché que encontraste algunos cuerpos bajo el piso.

—Esta era la casa de mis abuelos y la he estado renovando —dijo señalando la casa con el dedo—. Vimos algunas cosas extrañas e hice que los chicos levantaran algunas tablas del suelo en el dormitorio. Encontramos esqueletos y llamamos a la oficina del sheriff.

Mack sacó un cuaderno y comenzó a tomar notas.

—¿Qué clase de cosas extrañas?

—Déjeme traer a Jeremy, mi capataz, aquí. Él es el verdadero fanático del crimen y lo descubrió antes que nadie.

Sherri llamó al joven larguirucho para que se les uniera.

—¿Qué necesitas, Sherri? —preguntó al entrar a la sala de estar.

—Jeremy, este es el detective Summary y le gustaría hacerte algunas preguntas sobre lo que encontraste.

—Claro —contestó el joven y enderezó su postura mientras estrechaba la mano del detective—. ¿Qué quiere saber?

—La señorita Lambert dijo que notó algunas cosas inusuales que lo llevaron a este hallazgo.

Parece un niño que acaba de encontrar un tesoro pirata en su patio trasero.

Los ojos de Jeremy se dirigieron por un segundo hacia Sherri con la sombra de un agradecimiento antes de responder a la pregunta del detective.

—Bueno, primero que nada cuando renovamos el piso, encontramos este lugar aquí que me pareció un evidente charco de sangre rodeando un cuerpo sentado.

Lo condujo al detective al lugar y señaló el suelo.

—Luego encontramos salpicaduras de sangre en un viejo empapelado cuando empezamos a quitar las paredes para reemplazar las ventanas.

Sacó su teléfono y le mostró a Mack las numerosas fotos que había tomado.

Esto hace que todas las burlas de los chicos hayan valido la pena. El chico está teniendo un gran día con esto. Se lo merece.

Cuando el día se convirtió en noche y la camioneta del forense se alejó con los restos de las tres mujeres dispuestas en guatas de algodón dentro de contenedores de plástico, Sherri miró alrededor de su tranquila, pero desordenada casa y suspiró.

Espero que esto ponga fin a las visitas espectrales. Me vendría bien descansar. Tal vez debería ir al refugio de animales y adoptar un gato. He oído que perciben los fantasmas y cosas por el estilo.

Ya que su dormitorio tenía un enorme agujero en el suelo y olía vagamente a tumba, Sherri optó por dormir en el sofá. Jeremy había prometido arreglar el piso mañana con tablas nuevas del almacén de Renovaciones Realistas. También prometió lijarlas y sellarlas.

Dylan no le envió mensajes de texto ni la llamó y eso la entristeció, pero se aguantó. Si llamaba, llamaba, y si no lo hacía, no lo hacía. De todas formas, se las había arreglado todos estos años sin él. También podría ahora.

21

Los días previos al Día de Acción de Gracias fueron un poco confusos. Los medios de comunicación se enteraron de la historia y las camionetas de los forenses fueron reemplazadas por camionetas de noticieros estacionados en la entrada de Sherri. Jeremy repitió una y otra vez frente a las cámaras sus técnicas de investigación, y Sherri estaba feliz de compartir el protagonismo con el joven.

Ambos aparecieron en los noticieros de la televisión local y en los principales periódicos de la zona. Inga le envió un mensaje de texto diciéndole que la historia había sido recogida por la agencia de noticias y que había llegado a los periódicos de Nueva York, Los Ángeles y el periódico USA Today.

Los libros que ella había ordenado para la firma del viernes llegaron y Sherri los empacó en la parte trasera de su PT Cruiser. Confiaba en que sería un día muy ocupado y con buenas ventas.

Inga dice que no tener noticias es una mala noticia cuando se trata de publicidad. Espero que eso sea cierto; sin embargo, estoy lista para un poco de paz y tranquilidad por un tiempo.

Llegaron las alacenas y se instalaron junto con las encimeras de granito negro y la cocina antigua. Sherri se alegró de ver cuando las viejas alacenas se añadieron a la pila para quemar de atrás.

Mientras los muchachos reemplazaban su piso y teñían los troncos del resto de la casa de un intenso marrón rojizo, Sherri pintó el baño. La combinación del suave azul de las paredes en contraste con los brillantes accesorios blancos junto con el revestimiento de madera se veía celestial y Sherri estaba feliz con los resultados.

Mientras metía un pavo en el horno, empezó a nevar y para cuando sacó el ave con su piel marrón y crujiente, se habían acumulado diez centímetros de nieve en el patio. Le envió un mensaje a Bobby para que enviara a su fotógrafo. Puede que no vuelva a nevar hasta después de Navidad.

Él le contestó el mensaje diciendo que lo haría. También le agradeció por mencionar el nombre de la compañía y contar lo mucho que le gustó la renovación en toda la cobertura de prensa.

No tener noticias son malas noticias.

Sherri cortó un poco de carne oscura del muslo, untó mayonesa en dos rebanadas de pan blanco y tierno, y regresó al sofá con su sándwich, algunas papas fritas y un vaso alto lleno de gaseosa con hielo.

La típica cena de Acción de Gracias. Solo falta la gente. Tal vez el año que viene, cuando no esté lidiando con fantasmas que me persiguen en mis sueños, ni con cadáveres debajo de mi suelo, ni tampoco con una completa renovación de mi casa. ¿A quién estoy engañando? No tengo a nadie a quien cocinarle, todo lo que necesito son mis sándwiches de pavo.

Su teléfono sonó con un mensaje de texto. Cuando vio el número de Renovaciones Realistas en la pantalla, esperaba que fuera un mensaje de Bobby acerca del fotógrafo.

RR: ¿Cómo estás pasando el día de Acción de Gracias? Soy Dylan. Escuché que has estado ocupada.

SL: Eso es decir poco. ¿Dónde estás? ¿Mississippi?

RR: Regresé esta mañana. Carla Jean y Kyle se fueron al Golfo con unos amigos. ¿Qué estás haciendo?

SL: Estoy comiendo un sándwich de pavo y extrañándote.

Voy a ser honesta.

RR: Puedo cambiar eso.

SL: Si no te molesta comer sándwiches de pavo.

RR: Levaré vino.

SL: ¿Chardonnay?

RR: Ya lo tienes. Nos vemos en un rato. No puedo esperar a ver el proyecto terminado. Yo también te he echado de menos.

Sherri miró fijamente sus vaqueros manchados de pintura y su viejo suéter.

No me cambiaré de ropa por él. Probablemente no lo apreciaría de todos modos. Soy lo que soy, y él tendrá que lidiar con eso.

La casa olía a pavo asado con un toque de pintura fresca.

Añadió un leño al fuego y sonrió al ver la cabeza de ciervo que estaba colocada sobre el oscuro manto que Jeremy había confeccionado con un viejo durmiente de ferrocarril.

Se parecía a la chimenea de su visión y a Sherri le gustaba. El cuadro de la vieja cabaña estaba colgado encima del sofá y las antiguas lámparas de huracán transformadas para usar con electricidad adornaban las mesas esquineras. Las cortinas a cuadros colgaban de las ventanas y las telas de retazos cubrían las espaldas del sofá y el sillón del que Sherri no podía desprenderse.

Sherri limpió las alfombras de la casa y mulló las almohadas de su cama. En la cocina, sacó dos copas de vino y armó una bandeja con pavo rebanado, queso *cheddar*, uvas y galletas saladas.

Con esto estará bien.

Escuchó el sonido del coche detenerse en la entrada y llevó la bandeja de bocadillos con los vasos de vino a la mesa de café. Sherri ya estaba detrás de la puerta cuando él tocó. Abrió la puerta y su sonrisa le quitó el aliento por un momento al mismo tiempo que su corazón empezaba a latir con fuerza.

Apuesto a que mis malditas mejillas se han puesto rojas como las de una maldita adolescente.

—Hola —saludó ella mientras abría la puerta mosquitera —. ¿Tuviste problemas para subir la colina con la nieve?

Dylan sonrió y miró hacia su gran camioneta roja.

—Es un todoterreno y tengo la parte trasera llena de troncos de nogal que traje de Mississippi para mi horno.

Entró a la casa con una botella de vino en una mano y un ramo de rosas en la otra. Dylan se quitó la nieve de sus botas sobre la alfombra de trenzas ovalada y le entregó las flores a Sherri.

Vino y flores, ¿eh? El hombre típico.

—Me imaginé que te lo debía después de la última vez que estuve aquí.

Es la disculpa más lamentable que he oído en mi vida.

Sherri aceptó las flores y cerró la puerta.

—Pasa a la cocina. Tengo un abridor de botellas. Puedes hacer los honores mientras yo pongo esto en agua —dijo ella y se acercó el ramo de rosas a la nariz.

Dylan miró alrededor de la habitación y luego al desván.

—El lugar se ve muy bien —dijo mientras caminaba hacia la chimenea. Levantó la mano y acarició la cabeza del venado—. Me gusta esto. Le da un lindo toque.

Si solo supieras de dónde saqué la idea.

—Gracias —dijo ella y entró a la cocina. Dylan la siguió.

Se detuvo frente a la cocina y dio un silbido.

—Quedó perfecta y la piedra que está detrás fue una excelente idea.

Sherri cogió un jarrón transparente de debajo del nuevo fregadero de granja estilo irlandés, lo llenó de agua y acomodó las rosas. Las colocó en la mesa redonda debajo de la luminaria de los años setenta, que colgaba de las vigas por una cadena de cobre.

—Esto quedó muy bien —opinó— y tenías toda la razón sobre encajonar el refrigerador con esos gabinetes altos de la despensa. Tendré que tenerlo en cuenta para mi próximo trabajo.

—Gracias —respondió—. Lo vi en el canal Country Living una vez y me gustó para usarlo con un refrigerador moderno. Cambiando de tema, ¿cómo está tu nieto?

Dylan abrió la puerta y se asomó al pequeño dormitorio que Sherri había amueblado con una cama doble, un tocador y una mesita de noche de madera de pino con nudos.

—Está fantástico —contestó Dylan—. Esperando con ansias un fin de semana largo en la playa.

—Debe ser agradable —,suspiró Sherri mientras jugueteaba nerviosamente con las rosas.

—Oye, ahora eres una mujer rica con nuevos libros y contratos de televisión. Podrías ir a la costa cuando quisieras.

—Sí, claro —resopló y puso los ojos en blanco—. Supongo que debería darte una comisión por lo de la televisión.

—¿Perdón? —preguntó con confusión mientras tomaba el vino y lo llevaba al sofá.

Sherri se unió a él.

—Le dijiste a Candi esa noche que el canal CW me había ofrecido un trato por *Esperanza perdida*.

—Sí —dijo con una sonrisa—. Estaba molestándola y funcionó. Siempre me las arreglé para poder sacarla de sus malditas casillas.

—Sé que estabas bromeando, pero Candi no, y ella, junto con un montón de sus amigos, llamaron a los productores y armaron un escándalo. Juraron que demandarían a CW si *Esperanza perdida* se convertía en una serie.

Sherri se rió mientras vertía vino en sus copas.

—El productor, por supuesto, no sabía de qué demonios estaban hablando y sintió curiosidad, leyó el libro y pensó que sería una gran adición a su programación.

—¿Estás bromeando? —dijo Dylan con una gran sonrisa y preguntó con un brillo en sus ojos marrones—. ¿Y cuánto sería exactamente mi parte?

—Mi agente se quedó con unos veinte mil dólares y no hizo una mierda —dijo Sherri con una risita— así que supongo que te mereces al menos eso.

Los ojos de Dylan se abrieron de par en par.

—Tienes que estar bromeando.

—¿Quieres que te escriba un cheque? —preguntó con una sonrisa y mordisqueó una galleta salada cubierta de una tajada de pavo y queso *cheddar*.

Dylan exhaló un largo suspiro.

—Me vendría muy bien el dinero, pero está bien. Me las arreglaré.

Louis mencionó que la compañía podría estar en problemas. Me pregunto qué habrá pasado.

Sherri se quedó pensando por un minuto y luego buscó su chequera en el bolso.

—Puedo deducirlo de mis ingresos como un gasto de negocios —dijo mientras le extendía un cheque a Dylan por veinte mil dólares—. Bobby ya tiene otros diez mil dólares.

—¿Para qué diablos tiene otros diez? —estalló e ignoró el cheque que ella le puso delante.

—Decidí que quería que quitaran todas las paredes para que se vean los troncos —explicó ella y señaló la pared de troncos detrás del sofá— y no solo las paredes de los extremos. Me informó que sería un extra de diez mil dólares en mano de obra.

Dylan sacudió su cabeza mientras mordía un cuadrado de queso.

—Ese codicioso hijo de puta —siseó mientras masticaba—. Eso ya estaba en el presupuesto. —Quédatelo —dijo y le devolvió el cheque dejándolo sobre la mesa de café— y te devolveré tus otros diez de Bobby.

Sherri tomó la mano de Dylan y puso el cheque en ella.

—Acéptalo —le pidió con una sonrisa—. Te lo ganaste, y como dije antes, lo deducen directamente de mis impuestos y mi contador dice que voy a necesitar todas las deducciones que pueda conseguir este año por el nuevo contrato de libros y ahora con esto de la televisión.

—¿Tienes un maldito contador? —suspiró, cogió un puñado de uvas de la bandeja, y mordió una.

Tomó un largo sorbo del vino dulce y sonrió a Dylan quien miraba el cheque que tenía en la mano.

—Y no te pelees con Bobby por esto. Creo que Jeremy sabía que estaba tratando de aprovecharse de mí, e hizo un montón de cosas extras en la casa. Estoy muy contenta con cómo ha quedado todo.

Observó la cálida y acogedora habitación y sonrió.

—Es hermosa y no podría haber pedido más.

Dylan dobló el cheque y lo deslizó en el bolsillo de su camisa.

—Gracias, Sherri. Te lo agradezco mucho—. Le dirigió una sonrisa. —Kyle quiere una maldita motocicleta para Navidad y a Carla Jean le vendría bien un poco de ayuda para comprar un coche nuevo. Su viejo Volvo está en las últimas.

—¿No van bien las cosas en el negocio? — preguntó y llenó de nuevo los vasos.

—El negocio va bien —suspiró Dylan—. Es Bobby. No lo sabía antes de que empezáramos este negocio, pero tiene un problema con las apuestas.

Se metió una galleta con pavo y queso en la boca, y luego tomó un poco de vino.

—Oh, entiendo, —dijo ella.

Supongo que Molly se equivocó y fue Bobby el que terminó con la sangre mala de Tucker; no Dylan.

—Visita los barcos de apuestas en el río cada vez que tiene la oportunidad o vuela a Las Vegas.

Dylan respiró profundamente.

—No lo sabía, pero fueron las apuestas lo que acabó con su matrimonio y está a punto de acabar con nuestra sociedad de negocios. Lo he estado manteniendo a flote solo por mi madre quien se niega a admitir que él tiene un maldito problema, a pesar de que casi ha agotado todos sus ahorros.

Sherri puso su mano en la suya.

—Lamento escuchar eso, Dylan. Parece que lo que tienen juntos es un buen negocio.

—Lo es —dijo— pero Bobby sigue echando todo a perder y no puedo permitirme cubrir sus deudas por más tiempo.

Maldita sea, esto en verdad parece que lo tiene deprimido.

Sherri se acercó, tomó su cara en sus manos y lo besó. Él la rodeó con sus brazos y la apretó contra su cuerpo.

—Te necesito, Sherri —susurró—. Lamento haber sido tan imbécil. No volverá a suceder. Debí haber estado aquí contigo cuando levantaron el piso y encontraron los cuerpos. Debe haber sido horrible.

Se apartó y le sonrió a Dylan.

—Probablemente no habría pasado si hubieras estado aquí. Hice que levantaran el piso porque todavía estaba enojada contigo.

Bueno, eso fue parte de la razón, de todos modos.

Dylan le devolvió la sonrisa.

—Oh, ya veo. Bueno, sin duda le alegraste el día a Jeremy. Quiere inscribirse en un programa de justicia criminal y unirse al Departamento de Policía.

Sherri soltó una carcajada.

—Supongo que encontrar cadáveres bajo el suelo de una casa en la que estás trabajando es mejor que jugar a juegos de detective en la computadora. Tampoco le molestó la atención de la prensa. O el hecho de que le dijera a los chicos «te lo dije», después de toda la mierda que le dijeron sobre sus teorías.

Sherri vació su vaso de vino.

—Más vale que sea el último —dijo—. Tengo una firma de libros en la ciudad mañana y no quiero llegar con dolor de cabeza.

—Deberías ponerte algo sexy —dijo y la besó de nuevo—. ¿Pasar la noche conmigo te despistaría demasiado?

Cuidado, Lambert. Recuerda cómo terminó todo la última vez que pasó la noche aquí.

Sherri se inclinó para besarlo.

Oh, qué demonios.

—En absoluto —susurró y tomó su mano para llevarlo al dormitorio.

22

Sherri se despertó en su dormitorio a oscuras con Dylan pegado a su espalda, besando su cuello y con su pene erecto presionado la parte trasera de sus muslos.

¿Este hombre nunca se cansa? Lo hicimos toda la noche.

—¿Estás despierta? —preguntó al notar que ella se movía.

—Ahora sí —contestó ella con voz adormilada y con su cara contra su almohada.

—Bien —dijo Dylan mientras presionaba su palpitante coño por detrás— porque yo también lo estoy.

Sí, ya me di cuenta.

Se acercó y pellizcó el pezón de Sherri mientras se deslizaba dentro de ella. Ella comenzó a moverse para recibirlo y llegaron juntos al clímax, gimiendo de placer al mismo tiempo sobre la cama desordenada.

Dylan rodó sobre su espalda, jadeando.

—Joder, mujer, sabes cómo hacer feliz a un hombre en la cama.

Sherri tomó un pañuelo de papel y lo metió entre sus piernas antes de sentarse y bajar las piernas del colchón.

—Aún no has probado mi fabulosa comida. También sé cómo hacer feliz a un hombre en la cocina —dijo y le dio una palmada juguetona en su trasero desnudo—. Desearía no tener que levantarme e ir a la firma de libros hoy. Preferiría mucho más pasar el día en la cama contigo.

Él se acercó a ella.

—¿Puedes cancelar la firma? Me encantaría que me cocines algo.

—Eso sería muy poco profesional —le regañó, usando sus propias palabras—. De todos modos, la parte de atrás de mi coche está llena de libros y hoy es el día de compras más importante del año.

Caminó hacia la puerta del dormitorio.

—El café estará listo en un rato.

Sherri encendió la cafetera y luego se metió en la ducha para limpiar los rastros de la excitante noche.

Maldición, eso fue divertido, pero voy a ponerlo en perspectiva. Es simplemente divertirse entre dos adultos o dos amigos con derechos. Muy buenos derechos, claro.

Sherri salió de la ducha, se quitó la toalla, y le dio a su cabello algo de atención extra. Se puso fijador en sus rizos, con la esperanza de mantenerlos en su sitio durante el ocupado día que se le avecinaba.

Espero que lleguen a secarse antes de salir afuera con este frío. Necesito salir temprano. No quiero correr ningún riesgo con esta nieve. En Palm Springs no nieva. No tengo entrenamiento.

Cuando salió del dormitorio, Dylan estaba desnudo sentado a la mesa con dos tazas de café servidas.

—Gracias, cariño —dijo ella y tomó un sorbo de la fuerte y caliente bebida—. Es justo lo que necesitaba.

Él le rodeó la cintura con su brazo.

—Creo que lo único que necesito eres tú, Sherri.

Oh, vamos Dylan. Eres mejor que esa mierda cursi del día después. Me encargo de escribir esa mierda y ojalá no esperes que te responda con algo igual de cursi. Porque no va a suceder.

—De alguna manera, lo dudo —contestó ella y tomó otro sorbo del café caliente.

Dylan le tomó la mano antes de que ella pudiera levantarse e irse.

—Lo digo en serio, Sherri. Creo que eres lo que me faltaba en mi vida.

Sherri se puso de pie, mirándolo fijamente mientras él continuaba.

—Nunca me he divertido tanto con una mujer como lo hago contigo. Incluso en el instituto, siempre me hacías reír y necesito eso en mi vida.

Sin embargo, nunca fui lo suficientemente buena en ese entonces como para que me invitaras a salir. No era lo suficientemente buena para Los Engreídos. ¿Cuál es la diferencia ahora?

Sherri levantó su mano para que dejara de hablar.

—Es muy amable de tu parte, Dylan, pero creo que deberías pensarlo un poco. Las cosas no han cambiado tanto en cuarenta años. Tú sigues siendo un lugareño con un buen nombre y yo sigo siendo solo una sucia campesina.

—Eso no es verdad —replicó con furia—. Puede que seas del campo, pero ciertamente no eres una sucia. —Le dijo con una sonrisa. —Las cosas han cambiado, Sherri. Ahora solo soy un empleado con problemas de dinero porque su hermano pequeño no puede alejarse de las malditas mesas de mierda y tú eres una autora famosa que está forrada de dinero.

—No estoy forrada de dinero —se burló y bebió más café.

—Esas son putas mentiras —respondió—. Hiciste esta renovación completa sin tener que financiar un centavo y me escribiste un maldito cheque por veinte mil dólares como si estuvieras comprándole un par de cajas de galletas a un par de niñas exploradoras.

¿Le importa solo el maldito dinero? Ahora que tengo unos cuantos dólares en el banco, ¿califico para ser miembro de Los Engreídos?

—Está bien, —suspiró— me está yendo bien con mis finanzas en este momento—. Se encogió de hombros. —Por cierto, preferiría que no difundieras eso por ahí.

Sherri se le acercó y le besó la mejilla.

—Vamos a divertirnos un poco con esto, Dylan, y veamos a dónde va. ¿De acuerdo?

Vació de un trago su taza de café y se volvió al dormitorio.

—Tengo que prepararme para el evento.

—¿A qué hora terminarás?

—Creo que Jill dijo que cerrará la tienda a las siete a menos que haya mucha gente. Por lo que supongo que podría estar de vuelta entre las ocho y las diez —dijo Sherri encogiéndose ligeramente de hombros y luego fue directo al dormitorio—. Todavía tienes una llave, ¿no?

—Sí —contestó mientras se ponía los vaqueros—. ¿Quieres que te la devuelva?

—No —dijo mientras se ponía un par de medias—. Quédatela. Puedes entrar si vuelves y yo no he llegado todavía.

Se puso una falda de lana negra y subió la cremallera.

La cara de Dylan se iluminó con una sonrisa.

—Perfecto. Podemos pasar el fin de semana juntos y ver si nos aguantamos más de un día.

El fin de semana, ¿eh? Las cosas deben estar muy tensas en casa con Bobby si quiere pasar el fin de semana conmigo aquí.

—Eso suena genial —respondió Sherri, devolviéndole la sonrisa mientras se ponía una camisola blanca por encima de la cabeza y se ajustaba los pechos en el sujetador incorporado—. Te prepararé un buen desayuno mañana por la mañana.

—Eso suena genial. ¿Necesitas algo del supermercado? —preguntó mientras se sentaba en el borde de la cama para ponerse los calcetines y las botas—. Acabo de recibir algo de dinero y creo que puedo permitirme hacer algunas compras.

Una sonrisa se formó en el rostro de Sherri.

—No, creo que tengo todo lo que necesito.

Abrió el armario y se puso un par de zapatos de cuero negro mientras sacaba de una percha una chaqueta de lana que combinara con la falda ajustada y elegante.

—Fui a la tienda el martes solo para alejarme del ruido y la confusión que había aquí. También tuve que hacer los arreglos para el funeral de Maude Baker.

—¿Cuándo va a ser eso? —preguntó Dylan mientras se abotonaba la camisa.

—Será el domingo en Crider's —contestó Sherri—. El forense tardó más de lo que pensaba en catalogar, en reensamblar los esqueletos y en conseguir coincidencias de ADN familiar de Tilly Threewit y Molly Cummings.

—¿Nadie se presentó por Maude Baker?

—No, —suspiró Sherri y negó con la cabeza— así que me ocupé de ello. Sus padres y su hermano fueron enterrados en el patio de la iglesia cerca de Upton y había una parcela disponible cerca de allí. La van a enterrar allí junto a ellos.

Dylan se acercó y besó la mejilla de Sherri mientras ella se maquillaba.

—Eres una buena mujer, Sherri Lambert. No mucha gente asumiría ese tipo de responsabilidad.

—Ella estaba debajo de mi casa, así que me sentí un poco responsable de ella.

Le hice una promesa y voy a cumplirla. A Maudie le dirán unas palabras sobre su tumba para que pueda ser liberada de este mundo terrenal y estar de nuevo con su familia.

—Si Miles Tucker la mató, —suspiró Dylan— entonces ella es técnicamente mi responsabilidad y además, esta casa pertenecía a mi familia cuando la abandonaron aquí. Yo debería haber sido el que pagara su maldito funeral, no tú.

—No costó tanto, —dijo ella y le dio una palmadita en el hombro— y ya está todo arreglado.

Respiró profundamente.

—¿Cómo se tomó tu madre todo esto cuando empezaron a culpar a Miles Tucker por los asesinatos de las mujeres?

—No muy bien —suspiró y sacudió la cabeza con tristeza—. Y Bobby está hablando de cancelar la campaña publicitaria con esta casa debido a toda la mala publicidad.

—Lamento escuchar eso. Me pregunto por qué no lo mencionó cuando le envié un mensaje de texto ayer y le recomendé que enviara un fotógrafo para tomar fotos de la casa con nieve en el techo.

Sherri emitió un fuerte suspiro.

—Creo que ustedes deberían ir a los funerales para que los medios de comunicación vean que apoyan a la familia de las víctimas.

—¿Vas a ir, entonces?

Claro que sí. Se los prometí a esas chicas.

—Iré junto con cientos de personas más —dijo—. Los medios de comunicación lo han difundido tanto que la funeraria dijo que los han inundado de llamadas preguntando por los funerales de las mujeres. Están esperando una gran multitud y creo que todos ustedes deberían estar allí también.

Sherri se puso de pie.

—Tengo que irme. Quiero ir despacio por la cima nevada, para no terminar en una zanja. Han pasado años desde que tuve que conducir bajo otra cosa que no fuera lluvia o tormentas de arena.

—Voy a seguirte los pasos con mi coche —dijo Dylan y la besó de nuevo.

Se fueron juntos y Dylan la siguió hasta la pequeña librería ubicada en la calle principal de Barrett. Incluso la ayudó a llevar los libros y otras cosas a su mesa de firmas.

Dylan señaló el póster de la foto que estaba en la parte de atrás de los libros de Sherri que la librería había impreso y colocado en la ventana para anunciar la firma de libros.

—Ya ves —dijo con una sonrisa— eres famosa.

Sherri sonrió.

—Apenas —dijo ella y le dio un rápido beso en la mejilla—. Te veré esta noche cuando todo esto termine.

—Desde luego —respondió, la tomó en sus fuertes brazos y la besó apasionadamente en la boca en medio de la tienda. Sherri se sonrojó cuando vio a los empleados de la tienda mirando con una sonrisa en sus rostros.

Bueno, eso se sabrá mañana en todo el pueblo.

Durante todo el día, Sherri se ocupó de mantener charlas fugaces con viejos conocidos, de vender libros y de firmar. Sherri vendió todos sus libros a través de la librería, la cual se llevaba un porcentaje de cada venta. Era lo menos que podía hacer por Jill y además no tenía que lidiar con el impuesto de ventas y con el cobro.

Louis pasó por la librería para llevarle toda su investigación acerca de Tucker y le agradeció por devolver a Molly a la familia.

—¿Irás al funeral? —le preguntó a Sherri—. Escuché que van a escalonar los entierros para que la gente pueda asistir a los tres.

Puso los ojos en blanco detrás de sus gafas gruesas.

—Se ha convertido en algo muy importante aquí en Barrett.

A Molly y a las niñas les gustará eso, una gran despedida después de haber sido abandonadas y olvidadas durante tanto tiempo.

—Desde luego que iré. No me lo perdería —dijo ella y le estrechó la mano. —Estudiaré todo esto y te llamaré si necesito algo más.

El único incidente del día sucedió cuando Candi y su madre entraron en la tienda. La madre estaba borracha y arrancó el póster de Sherri de la ventana mientras gritaba groserías y difamaciones acerca de la autora y sus libros.

Candi se dirigió a la mesa y señaló con el dedo a Sherri.

—Mira lo que has hecho.

—Yo no hice nada —dijo Sherri mientras firmaba otro ejemplar de *Esperanza perdida*—. No fui yo la que le compró la botella.

Los que estaban de pie alrededor de la mesa se rieron al escuchar la respuesta de Sherri. La cara roja de Candi se puso aún más roja y volteó para irse.

—¿Vas a escribir una secuela de *Esperanza perdida*? —alguien preguntó y Candi se volvió para fulminar con la mirada a Sherri mientras esperaba que respondiera.

Sherri sonrió dulcemente a la exporrista que le había hecho la vida imposible en la secundaria.

—A decir verdad, sí —respondió—. La cadena de televisión quiere más en caso de que quieran continuar la serie más allá de las tres primeras temporadas que ya tienen planeadas.

Sherri miró a Candi, que estaba con la boca abierta.

—Te enviaré tu copia autografiada a Pike's, Candi.

El karma es una perra, ¿no es así, Candi?

La mujer agarró a su madre por el brazo y la arrastró fuera de la concurrida librería.

—Lo siento —se disculpó la gerente de la tienda, sacudiendo su cabeza rubia con decepción—. No puedo creer que Candi traiga a su madre cuando está en esa condición.

—Probablemente es mejor que estar encerrada en la casa con ella —dijo con un suspiró.

—Ha sido un gran día, Sherri —. Le susurró Jill mientras miraba los pocos libros que quedaban en la mesa, —pero voy a necesitar más libros para los estantes.

—Te dejaré estos —dijo— y haré otro pedido la semana que viene. Me alegro de que la tienda haya tenido un buen día.

—¿Estás bromeando? —dijo Jill con una gran sonrisa—. Creo que ha sido el mejor día de ventas de mi vida.

Le dio un fuerte abrazo a Sherri.

—¿Tal vez podamos organizar otro antes de Navidad?

—Tenemos un plan —dijo Sherri—. Llámame en una semana para concertar una fecha.

Mientras Sherri caminaba hacia su coche, le llegó un mensaje de texto. Se subió al coche, sacó el teléfono del bolso y encendió el motor para calentarlo. No reconoció el número pero abrió el texto de todas formas.

Número desconocido: Soy Dylan. Mi teléfono se quedó sin batería. ¿Nos vemos para tomar una copa en Los Límites?

No pensé que le gustara ese lugar.

SL: Claro. Suena bien. Recién subo al coche.

Número desconocido: Te espero.

Me vendría bien un trago para terminar este día, pero solo uno.

Sherri condujo hasta el pequeño bar en las afueras de la ciudad y se alegró de ver que el sol había derretido la nieve del pavimento. Se dirigió al estacionamiento y buscó la camioneta de Dylan o el auto de la compañía. Cuando no vio ninguno de los dos, Sherri se estacionó en un espacio vacío sin nieve cerca del extremo del estacionamiento.

Me pregunto si también se acabó la batería de su camioneta.

Con una sonrisa en su rostro, Sherri tomó su bolso y abrió la puerta del coche. El aire frío le quitó el aliento y se alegró por haber traído la cálida chaqueta de lana.

—Muy amable de tu parte por aceptar mi invitación —dijo alguien agarrándola del brazo—. Guardé este lugar en la oscuridad solo para nosotros, Sherri.

¿Qué mierda...?

Sherri levantó la cabeza y miró fijamente a los ojos vidriosos de Tommy Garrett.

—¿De qué demonios estás hablando, Tommy? —murmuró mientras intentaba zafarse de sus garras—. Estoy aquí para encontrarme con Dylan.

—Cálmate, Sherri —gruñó y la sacudió del brazo—. Dylan no va a venir. Ese mensaje era mío.

La tomó en sus brazos y aplastó su cara contra la de ella intentando besarla.

Su aliento apesta a alcohol rancio y a cigarrillos. Creo que voy a vomitar.

Tommy empujó el cuerpo de ella contra el capó de su coche, le levantó la falda y metió una mano entre sus piernas.

—Te voy a follar aquí mismo en tu coche, Sherri.

Metió los dedos dentro de ella y sonrió.

—Tu coño todavía está apretado. Me gusta eso.

—Suéltame, imbécil —le gritó y levantó con fuerza la rodilla para darle a Tommy un fuerte golpe en la ingle.

—Maldita puta —gritó de dolor y levantó su mano para darle un puñetazo—. Te voy a coger por el culo por eso y te va a doler mucho.

No si todavía tienes esa pequeña polla que recuerdo.

Lágrimas de rabia y dolor brotaron de sus ojos mientras continuaba luchando con Tommy Garrett en el capó de su coche. Lo golpeó de nuevo con su rodilla con todas sus fuerzas y al escucharlo quejarse de dolor, sonrió. Lo último que Sherri vio esa noche fue el puño de Tommy cuando se estrelló contra su cara.

23

—Tienes que despertar, muñeca —dijo Molly mientras acariciaba el cabello de Sherri—. Despierta o no podremos despedirnos como es debido.

Sherri miró fijamente los brillantes ojos azules de Molly.

—¿Qué sucedió?

—Un hombre tonto, por supuesto —suspiró Molly—. Siempre es un hombre tonto.

—Me duele la cabeza —murmuró Sherri intentando levantar su mano.

—Apuesto a que sí. Ese bastardo te dio una buena paliza, muñeca.

Molly volvió a sonreír.

—Ahora despierta para que puedas venir a decirnos adiós.

—¿Sherri? —escuchó una voz masculina familiar. —Despierta, cariño. Estoy aquí.

Los ojos de Sherri parpadearon y cuando por fin pudo abrirlos, vio a Dylan sentado a su lado, cogiéndole la mano.

—Ahí estás —dijo con una sonrisa de alivio mientras le apartaba el pelo de la cara—. Estabas hablando mientras dormías. Debes haber estado soñando.

—Molly —murmuró e intentó esbozar una sonrisa—. Molly estaba aquí y me dijo que me despertara. No quiere que me pierda el funeral.

Dylan sonrío con tristeza.

—El funeral es por la mañana —dijo—. No creo que el médico te deje ir.

Por primera vez, Sherri miró a su alrededor.

—¿Estoy en el hospital?

—¿No recuerdas lo que pasó?

Dylan le apretó la mano.

—El médico dijo que tal vez no recordaras. Tienes una conmoción cerebral y una mandíbula fracturada debido al golpe que ese bastardo te dio.

—¿Me enviaste un mensaje invitándome una copa en Los Límites?

Dylan frunció el ceño.

—Yo no, fue ese idiota desagradable de Garrett.

Sherri trató de levantar su mano y tocar su cabeza, la cual palpitaba de dolor.

—Tommy —balbuceó, y las lágrimas inundaron sus ojos—. Tommy me golpeó y él... él... ¿Él me...?

—No, no hizo nada más que poner sus sucias manos sobre ti y darte un puñetazo en la cabeza—. Dylan sonrió. —Pero le diste al bastardo una buena paliza. Está hospitalizado en el piso de cirugía. Le rompiste una de sus bolas y tuvieron que quitársela—. Dylan se rio. —Casi lo castras.

—Me alegro —susurró—. Me duele la cabeza.

—Iré a decirle a la enfermera que estás despierta y que necesitas algo para el dolor.

Dylan dejó la habitación. Algo silbó y emitió un pitido encima de su cabeza, pero Sherri no pudo ver de dónde venía el sonido. Levantó la mano y vio una aguja clavada en su vena y pegada con cinta adhesiva. Un tubo de plástico transparente salía de ella y desaparecía sobre su cabeza.

Odio los putos hospitales. Huelen mal y la comida es terrible. Tengo que salir de aquí. No puedo perderme sus funerales.

Dylan regresó acompañado de una enfermera.

—¿Cómo se siente, señorita Lambert? —preguntó mientras presionaba los botones de un monitor ubicado sobre la cabeza de Sherri.

—Me duele la cabeza y necesito hacer pis —respondió Sherri con los labios secos.

La mujer que tenía una bata médica con dibujos de Hello Kitty sonrió.

—Tienes puesto un catéter, así que en realidad no necesitas ir a orinar.

También odio los malditos catéteres. Siento que necesito orinar todo el tiempo.

—Sácamelo —exigió Sherri—. Odio esas malditas cosas.

La mujer volvió a sonreír.

—He leído eso en un par de tus libros. Tus personajes siempre odian los hospitales.

—Escribe sobre lo que conoces —murmuró Sherri mientras miraba a la enfermera sonriente.

Tal vez debería mencionar lo ridículo que es esa bata cuando trabaja con adultos. No, mejor lo escribiré en un libro.

—Si tu dolor estuviera en una escala del uno al diez, siendo uno el más bajo y diez el más alto, ¿qué número dirías para medir tu dolor?

—Está a unos diez centímetros cúbicos de morfina —espetó Sherri mientras Dylan se tapaba la boca con la mano para reprimir una sonrisa detrás de la enfermera boquiabierta.

La mujer sonrió.

—Llamaré al médico —dijo mientras se daba vuelta.

—Dile que también quiero que me saquen el maldito catéter. Puedo orinar por mi cuenta.

—Se lo diré —contestó ella y salió corriendo de la habitación.

—Eres una pésima paciente —dijo él entre risas mientras se sentaba y tomaba la mano de Sherri otra vez.

—Odio los putos hospitales.

Ella contempló la hermosa cara de Dylan.

—Y tengo sed.

—Concuerdo en eso —dijo, apretando la fría mano de ella en su mano grande y cálida.

—¿Qué va a pasar con Tommy? —le preguntó mientras Dylan le ponía un sorbete en los labios para que pudiera tomar algo.

Dylan puso los ojos en blanco.

—Va a producirse un puto revuelo en Barrett.

Sherri presionó el botón para elevar la cabecera de la cama a una posición sentada a medida que el dolor de su cabeza aminoraba.

—¿A qué te refieres?

Dylan respiró hondo.

—Cuando no estabas en casa a las ocho —explicó— conduje hasta el pueblo para acompañarte de vuelta.

Le apretó la mano otra vez.

—Vi tu auto en Los Límites y me detuve. Garret estaba encima de ti con tu falda levantada y te golpeaba una y otra vez en la cara con su maldito puño.

—Me envió un mensaje de texto diciendo que eras tú. Me dijo que querías reunirte conmigo para tomar una copa.

—Lo sé —afirmó Dylan—. Cuando le contó a la policía que tú fuiste quien lo invitó, murmuraste algo sobre un mensaje en tu teléfono y encontré los mensajes de texto.

Respiró profundamente otra vez.

—Pero había algo más allí también.

—¿Qué? —preguntó al notar que la cara de Dylan se había vuelto pálida. —¿Qué más?

—Ya las tiene la policía —dijo— pero había fotos tuyas en los brazos de Garrett y una de ti en el capó de tu coche con las piernas abiertas y su mano metida en tu...

—Oh, Dios mío —jadeó Sherri horrorizada.

—A las fotos —suspiró Dylan— dijo que las estaban por enviar a los medios de comunicación, a tu editor, al canal CW y a todos los periódicos para que vieran «cómo luce una zorra de pueblo.»

—Oh, mi Dios. ¿Quién haría una cosa así?

—Adivina.

—¿Candi? —siseó— ¿pero cómo?

Dylan asintió con la cabeza.

—Garrett dijo que todo fue idea de ella. Él tenía tu número por el trabajo que había hecho en tu casa, y ella le dijo que te enviara un mensaje haciéndose pasar por mí para pedirte que pasaras a tomar una copa. Ella quería las fotos lascivas y las tomó con su teléfono cuando Garrett te agarró.

—¿Qué le van a hacer a ella?

—La detuvieron por conspiración para cometer agresión y violación, pero...

—¿Pero qué? —preguntó frunciendo el ceño.

—Tan pronto como se la llevaron bajo custodia —dijo Dylan con el ceño fruncido ensombreciendo su apuesto rostro— comenzó a exigir a gritos un trato. Habló sobre la venta de metanfetaminas de su esposo y probablemente saldrá de la cárcel con una pena menor.

Sherri apoyó la cabeza en la almohada y bufó.

—Tiene lógica. Las cosas no cambiaron tanto en Barrett.

La enfermera regresó con una jeringa en la mano.

—Aquí tienes algo para el dolor, y el médico dijo que podemos sacar el catéter si estás consciente y receptiva—. Sonrió a Sherri. —Le dije que estabas bastante receptiva y que parecías tener muy en claro lo que querías.

—Gracias —respondió Sherri educadamente— y siento haber sido descortés antes.

—Es entendible después de lo que pasó. No puedo creer que Cindy... quiero decir que Candi te haya hecho eso.

Inyectó la aguja en un tubo de la intravenosa de Sherri.

—Siempre fue una perra —continúo— y luego se casó con ese asqueroso traficante de drogas, pero nunca pensé que haría algo así.

Agitó la cabeza y sonrió.

—Espero que escribas mucho sobre ella en el próximo libro de *Esperanza perdida*.

Cerró la cortina alrededor de la cama.

—Lo siento, Dylan, esto solo tomará un segundo.

La enfermera dobló la sábana, metió la mano entre las piernas de Sherri y sacó el catéter.

—Todo listo —dijo y recogió la bolsa de plástico llena de líquido amarillo para llevársela.

—Gracias, Karla —agradeció Dylan mientras la mujer salía de la habitación.

—¿Karla?

—Solía ser Karla Manning, la hermana pequeña de Ted Manning, pero ahora es Karla McCord. Se casó con Dan, el hijo del entrenador McCord.

—¿Todos los habitantes de Barrett saben lo que ha pasado?

Dylan sonrió.

—Casi todos —respondió—. Entre la gente de Los Límites que vio cómo pasó todo, los policías chismosos de Barrett y la gente que trabaja aquí en el hospital, se corrió la voz rápidamente por todo el pueblo.

Él se encogió de hombros y señaló el mostrador lleno de arreglos florales.

De repente, Sherri se sintió mareada y cerró los ojos. Cuando volvió a despertarse, el sol brillaba a través de las persianas abiertas y vio a Dylan dormido en la silla junto a la cama, cubierto por una delgada manta de hospital.

Otra enfermera entró con una bandeja.

—¿Ha estado aquí toda la noche? —le preguntó Sherri a la enfermera.

La enfermera sonrió

—Ese hombre no se ha ido de tu lado desde que te trajeron aquí el viernes por la noche, cariño.

Dylan levantó la cabeza y se frotó los ojos.

—¿Qué hora es?— preguntó aturdido.

—Son las siete y cuarenta y cinco —respondió la canosa mujer después de colocar la bandeja en la mesilla de noche y mirar el reloj que llevaba en la muñeca.

—¿Quieres que te traiga una bandeja también, cariño? —le preguntó a Dylan mientras se enderezaba en la silla y doblaba la manta.

—No —contestó él—. Estoy bien, pero me tomaría una taza de ese maravilloso café que ustedes hacen en la enfermería. Si no es mucha molestia.

Una sonrisa iluminó su arrugada cara.

—Por supuesto —dijo y le guiñó un ojo a Dylan.

—Tienes un don con las damas.

Sherri tomó un trago del café fuerte y amargo de su bandeja.

—Es Kelly, la madre de Nigel.

Sherri pensó por un minuto, tratando de ubicar a Nigel.

—¿El chico que quedó paralizado en ese accidente de coche cuando íbamos a primer año?

Dylan asintió con la cabeza.

—Ella lo cuidó en su casa hasta que murió hace un año más o menos de cáncer de colon.

—Vaya —exclamó— eso sí que es sacrificarse.

—Era una buena madre —dijo Dylan—. Obtuvo su título de enfermera, cuidó a Nigel, y mantuvo un trabajo de tiempo completo.

La mujer regresó con un vaso alto de poliestireno lleno de café y se lo entregó a Dylan. Se volvió hacia Sherri y sonrió.

—El doctor vendrá en un rato a verla, señorita Lambert. Él sabe que usted quiere salir de aquí para ir a ese gran funeral en Crider's, aunque he oído que lo han trasladado al gimnasio de la escuela secundaria porque la capilla no es lo suficientemente grande para que quepan todos los que van a asistir.

Se dio la vuelta y se fue apresurada.

—Suena como si fuera a ser una gran fiesta —dijo él y bebió el café caliente.

—Eso parece —dijo ella y partió un panecillo de arándanos por la mitad—. Las pondrá felices.

Sherri sonrió y le dio a Dylan la otra mitad del gran panecillo.

—Te prometí el desayuno.

24

El doctor Brody liberó a Sherri en forma reacia; de todas maneras sabía que encontraría una forma de irse para asistir a los funerales de las mujeres. Como no disponía del tiempo suficiente para conducir a casa y cambiarse, Sherri usó le mismo atuendo negro que había lucido en la firma de libros y que tenía puesto cuando la trajeron en ambulancia al hospital. Se duchó en el baño de su habitación de hospital y se recogió el pelo mojado en un rodete apretado.

—Esto no tiene remedio —suspiró mientras dos de las auxiliares más jóvenes del hospital la ayudaban a maquillarse, cubriendo con un corrector su ojo morado y su mandíbula hinchada y amoratada—. Parezco el monstruo de Frankenstein.

—Te ves hermosa —afirmó Dylan detrás de ella. Llevaba un traje negro hecho a medida. La casa de su madre en Barrett estaba a solo dos kilómetros del hospital, así que había conducido hasta su casa y se había cambiado.

—Supongo que esto es lo mejor que voy a poder hacer —suspiró—. Gracias por la ayuda, señoritas.

—Deberíamos irnos —dijo Dylan mientras tomaba las manijas de la silla de ruedas y la deslizaba fuera del baño.

—No olvides mencionarnos en tu próximo libo —dijo una de ellas.

—Mandy y Cory —agregó la otra.

Una sonrisa se formó en el rostro de Sherri y mientras las saludaba con la mano les dijo

—No lo olvidaré. Dos enfermeras terriblemente hermosas que salvan la vida de dos guapos bomberos y viven juntos felices para siempre.

—¿Ahora tus admiradores escriben tus libros? —preguntó Dylan entre risas.

—Solo un pequeño contenido narrativo —dijo Sherri con una risita.

Mientras atravesaban el vestíbulo del hospital, alguien se puso delante de la silla de ruedas. Sherri levantó la cabeza y miró fijamente a los fulminantes ojos de Laura Garrett.

El corazón de Sherri comenzó a latir con fuerza. Las dos habían competido implacablemente por el afecto de Tommy durante la secundaria, pero Laura era la que había terminado con él.

Esto no va a terminar bien.

—No podías dejarlo en paz, ¿verdad, Sherri? —gruñó Laura. —Después de todo este tiempo, creí que te rendirías y nos dejarías en paz, pero no. Lo invitas a ese maldito bar y cuando no te da el sexo pervertido que quieres, lo lastimas y gritas «me violaron».

—Yo no... —Dylan apretó el hombro de Sherri para detenerla.

—¿Ha hablado con la policía, señora Garrett? Tienen las pruebas que demuestran que fue Tom el que le envió el mensaje de texto a Sherri para encontrarse en ese bar, haciéndose pasar por mí.

—Eso es ridículo —recriminó Laura y miró con desprecio a Sherri.— ¿Cómo él sabría su maldito número si esta perra no se lo dio?

—Yo se lo di —retrucó Dylan— yo lo contraté para que instale una bomba de calor durante la renovación que mi compañía hizo en la casa de la señorita Lambert.

Respiró profundamente.

—El acuerdo de negocios entre nuestras compañías ha rescindido, por cierto. Tomó provecho de la información de un cliente y utilizó mi nombre para cometer un acto ilegal.

Dylan rozó la mandíbula hinchada de Sherri con su dedo.

—Eso no es cierto —murmuró ella mientras sus ojos se colmaban de lágrimas—. Tommy me habría dicho si hubiera estado trabajando en *su* casa. No habría aceptado el trabajo si hubiera sabido que era *su casa*, —refunfuñó Laura, mirando con furia a Sherri—. Tommy la odia. Nunca quiso tener nada que ver con ella pese a que ella se le tiró encima cuando supo que estábamos juntos. Sherri incluso le dijo a la gente que ella y Tommy se acostaron juntos cuando nunca lo hicieron. Me tenía a mí; no la necesitaba a ella ni tampoco la quería.

Sherri había escuchado suficiente.

—La primera vez fue en la casa de sus padres, en su cama, con sus padres durmiendo al otro lado del pasillo y luego varias otras veces antes de que se casaran, por ejemplo, en la casa que construyó para ti antes de que te casaras con él. Por cierto ¿Cómo mantienes limpia esa bañera negra? Siempre me lo he preguntado. Debe ser difícil mantenerla limpia.

Sherri observó cómo los ojos de la mujer se abrían de par en par.

—Pero nunca después de que se casaran. No me acuesto con hombres casados. ¿Quieres saber exactamente dónde y cuándo sucedieron las otras veces, Laura?

Lágrimas empezaron a correr por la cara hinchada de la mujer.

—Eres la misma perra mentirosa que siempre fuiste, Sherri. No sé por qué no pudiste dejarnos en paz. Tenemos hijos y nietos, por el amor de Dios.

—No culpe a Sherri, señora Garrett. Obtenga las pruebas de la policía o del fiscal del distrito. Hable con la cómplice de su marido sobre el asunto, aunque dudo seriamente que le diga la verdad.

Laura levantó bruscamente la cabeza para mirar a Dylan.

—¿Qué cómplice? ¿Qué mentiras te ha dicho esta perra?

—Vaya a hablar con la policía, señora Garrett. Ellos tienen la evidencia y yo la he visto. Su esposo engañó a Sherri para que vaya a Los Límites para que Candi Clem pudiera tomar fotos de él abusando de ella y enviarlas a la prensa y chantajearla para que no escriba otro libro acerca de sus días de escuela secundaria en Barrett. Las pruebas están en sus teléfonos y la policía las tiene.

—Esa es una puta mentira y puedo probarlo —dijo Laura y hurgó su bolso en busca de su teléfono. Golpeó las teclas y luego se dirigió a los mensajes de texto. Empalideció y dejó caer el teléfono en su bolso.

—Ese estúpido maldito hijo de puta —rugió y atravesó el grupo de personas que se habían detenido a ver la confrontación para dirigirse hacia los ascensores.

—Uh, oh —dijo Dylan riéndose—. Debe haber clonado su teléfono. Tom está a punto de perder su otra pelota.

—Espero que use un cuchillo sin filo —dijo Sherri mientras intentaba calmar su palpitante corazón.

Odio las putas discusiones. Prefiero un tratamiento de conducto sin anestesia.

Dylan empujó la silla de ruedas hacia la puerta de salida.

—Será mejor que nos movamos o llegaremos tarde.

Fue difícil de encontrar un lugar para estacionar alrededor de la Secundaria Barrett. Dylan condujo hacia la entrada del alojamiento «Barrett B & B» donde un hombre lo saludó con una sonrisa.

—Hicimos la renovación de este lugar —explicó Dylan— y llamé esta mañana para estacionar aquí durante el funeral.

—Bien pensado —dijo Sherri esbozando una sonrisa—. Gracias, Dylan.

—¿Por qué? —preguntó mientras se desabrochaba el cinturón de seguridad.

—Por todo —suspiró—. Por salvarme de Garrett, por quedarte conmigo en el hospital y por acompañarme hoy.

Dylan se extendió a través del asiento y tomó su mano.

—Estoy enamorado de ti, Sherri Lambert —dijo y salió del coche.

¿Enamorado de mí? ¿Dilly Roberts acaba de decir que está enamorado de mí?

Abrió la puerta y ayudó a Sherri a salir del auto. Cuando Sherri se incorporó, se mareó de repente. Tambaleó y Dylan la sujetó del brazo.

—Vuelve a sentarte y yo sacaré la silla de ruedas del maletero. La ayudó a sentarse en el borde del asiento del coche.

Espero poder con esto. La cabeza me late, la mandíbula me palpita, y Dylan Roberts acaba de decir que está enamorado de mí. Puede que me desmaye.

Dylan trajo la silla y ayudó a Sherri a sentarse en ella. La empujó a través del estacionamiento de asfalto alrededor de la gloriosa y antigua casa de estilo victoriano pintada en tonos de violeta y rosa con adornos blancos. Parecía un pastel gigante de una fiesta de quince años.

—Es hermosa —dijo Sherri al pasar por la majestuosa casa —. Hicieron un gran trabajo.

—Yo hubiera preferido los azules o los verdes —se burló— pero la esposa del dueño se llama Violeta.

—Concuerdo —dijo—. Aunque sigue siendo hermosa. Me encantaría ver el interior alguna vez.

Él apoyó una mano sobre su hombro.

—Es una cita. Me han dicho que aquí hacen fiestas de té a lo Downton Abbey.

Sherri se rió.

—¿Qué es lo gracioso?

—Típico de Barrett —explico ella—. La casa es de la época victoriana y la serie Downton Abbey está ambientada en la época eduardiana.

—Oh... —exclamó— La historia... la historia británica, debo confesar, nunca fue realmente lo mío.

En la puerta del gimnasio, un hombre con traje le preguntó sus nombres y revisó una hoja de papel.

—Si viene por aquí, señorita Lambert, tenemos los primeros asientos del piso para usted.

Las gradas del gimnasio a ambos lados de la cancha de baloncesto estaban repletas de gente y debajo, en la cancha, sillas plegables dispuestas en filas también estaban llenas de hombres y mujeres con sus mejores ropas de vestir.

Esto es increíble. Las mujeres van a sentirse muy complacidas.

—¿Puedes creerlo? —preguntó Dylan mientras seguían al hombre quien los llevó a una de las primeras filas donde quitó una silla para que pudiera entrar la silla de ruedas. Mientras pasaban hubo varios destellos de cámaras.

—Sin duda es algo importante —dijo mientras cruzaban miradas con Louis y se saludaban con un asentimiento de cabeza.

En el escenario, detrás de un podio, había tres ataúdes cerrados. Uno de ellos era blanco con adornos de latón y los otros dos eran de madera de palisandro pulida y color rojiza. Los tres resplandecían gracias a las luces del techo y delante de cada ataúd, había fotos en blanco y negro de las mujeres sobre caballetes.

Lo que solamente Sherri podía ver eran las figuras luminosas de las tres jóvenes de pie detrás de los ataúdes con grandes sonrisas en sus rostros.

De repente el gimnasio se quedó misteriosamente en silencio y las tres mujeres muertas se sentaron junto a Sherri. Todos en el cuarto parecían estar en animación suspendida, con la boca abierta a mitad de la frase.

—Esto es grandioso, ¿no, muñeca? —dijo con entusiasmo Molly a su lado. —¿Quiénes son todas estas personas?

—Bueno, aquel hombre de allí con las gafas es tu primo, Louis. Creo que su abuelo estuvo contigo en la taberna *speakeasy*[1] la noche en que moriste.

Molly se volvió para observar a Louis.

—Se parece a mi primo, pero más viejo. ¿Es inteligente? Louis era listo como un zorro e iba a la universidad.

—Es muy inteligente —afirmó Sherri—. Él y yo fuimos juntos a la escuela y ahora trabaja en la biblioteca de Barrett.

—¿Y mi familia? —preguntó Tilly—. ¿Está alguno de ellos aquí?

Sherri estudió los rostros de la primera fila. Señaló a una pareja de ancianos canosos que reconoció del mercado de productos agrícolas.

—Creo que son ellos —respondió ella—. Son dueños de un mercado de productos frescos aquí en la ciudad.

Tilly sonrió y asintió con la cabeza.

—Mi hermano siempre hablaba de tener un puesto agrícola para vender nuestros tomates, choclos y manzanas.

Maude tocó el hombro de Sherri con su mano fantasmal.

—Sé que mis parientes no están aquí —dijo— pero me has hecho sentir orgullosa, muñeca. Ese ataúd es el más bonito que he visto, y mis viejos huesos están cómodos en ese suave satén. Es lo que siempre quise. Gracias por mantener tu promesa.

—Por nada, Maudie. Te encontré una parcela junto a tus padres y tu hermano en Upton.

Los ojos marrones de Maude se abrieron de par en par y se llenaron de lágrimas.

—Se pondrán muy felices, muñeca.

—¿A dónde me van a enterar? —preguntó Tilly.

—En la parcela de los Threewit, en el cementerio de Barrett, creo —respondió Sherri— y Molly va a la parcela de la familia Cummings.

Las figuras de las mujeres se oscurecieron cuando comenzó a sonar el himno y las voces apagadas volvieron a escucharse dentro del gimnasio. Un hombre con traje subió al podio.

—En nombre de las familias de estas mujeres fallecidas, me gustaría agradecerles a todos por venir y darles la bienvenida.

Continuó hablando durante unos minutos más y luego llamó a la oración. El gimnasio se quedó en silencio otra vez.

—Nos iremos pronto, muñeca —dijo Molly en voz baja—. Puedo sentirlo. Las palabras nos están haciendo cruzar.

—Pensé que eso es lo que querían.

Molly hizo una mueca.

—Todos le temen a lo que no conocen.

Sherri acarició la mano de Molly.

—Esto es algo bueno, Molly. Volverás con tu familia.

Molly miró a Louis y sonrió.

—Los he echado de menos.

Se desvaneció de nuevo.

El procedimiento continuó y terminó con la ceremonia de sepultura de cada una de las mujeres. Sherri vio a cada una pasar a la luz de la mano de sus seres queridos fallecidos mientras se recitaban las oraciones finales.

—¿Estás bien? —susurró Dylan cuando una lágrima se deslizaba por su mejilla mientras veía a Maude caminar hacia la luz junto a sus padres y su hermano.

—Estoy bien —dijo ella y le apretó la mano—. Me alegro de que todo esto haya terminado.

—Yo también —suspiró y empezó a empujar su silla de ruedas hacia el coche—. ¿Puedes creer toda esta prensa?

Alrededor del pequeño cementerio había hombres y mujeres con cámaras tomando fotos. Evitaron que los reporteros les pusieran micrófonos en la cara preguntándoles sobre las conexiones que tenían con las mujeres.

Unos pocos la reconocieron y le hicieron preguntas, queriendo saber si se sentía responsable de las mujeres ya que fueron encontradas en su casa.

—Están locos —se quejó Dylan—. Esas mujeres han estado muertas durante décadas. Sherri ni siquiera había nacido y no era la dueña de la casa en ese entonces. —Joder —agregó — sus padres ni habían nacido todavía.

Ayudó a Sherri a subirse al coche.

—Váyanse al carajo.

—¿Cómo te sientes? —preguntó Dylan mientras conducían de vuelta a la casa.

—Me siento bien —respondió—. Solo estoy muy cansada.

—Te llevaré a casa, así puedes dormir en tu propia cama.

Sherri sonrió.

—Y te cocinaré algo.

—Sí, eso suena bien.

Dylan apoyó su codo en la gaveta central y tomó su mano.

—Lo que dije fue en serio, Sherri —afirmó—. Te amo. Nunca he sentido lo mismo por otra mujer.

—¿Ni siquiera por Tammy?

Dylan resopló.

—Lo que sentí por Tammy fue lujuria, y luego estuvo Carla Jean. Nunca se trató de amor. Permanecimos juntos por nuestra hija, pero no pudimos mantenernos juntos. No había amor entre nosotros.

—Lo siento —murmuró Sherri—. No quise abrir viejas heridas.

Dylan se encogió de hombros.

—No es una herida, solo un error. Tengo una hija maravillosa y un nieto maravilloso y siento mucho amor por ellos —dijo con una sonrisa—. Estoy agradecido.

EPÍLOGO

Sherri estaba sentada en la hamaca del porche mientras veía a Dylan volver del huerto de fresas con Kyle, quien en sus manos llevaba una cesta con bayas de color rojo brillante. Sonrió al ver las manchas rojas alrededor de su boca y sonrió aún más cuando vio las que estaban alrededor de la de su marido.

—Mira lo que recogí, abuela Sherri —dijo Kyle mientras subía corriendo al porche para unirse a ella en la hamaca.

Sherri le limpió las comisuras de su boca con el pulgar.

—Creo que tú y tu abuelo pusieron más en sus estómagos que en la canasta.

—Oye —reclamó entre risas Dylan— necesitamos tener fuerza para pescar los bagres que quieres para la cena.

—No los devuelvan si no son bagres —dijo Sherri—. Cocinaré lo que sea que atrapen.

—¡Sí! —dijo Kyle entusiasmado—. ¿Cuándo podemos irnos, abuelo? Esta mañana, la abuela y yo sacamos una lata de gusanos de carnada.

Dylan le dirigió una sonrisa a Sherri.

—¿De verdad? Es una gran abuela.

Kyle apoyó su cabeza sobre el hombro de Sherri.

—Una muy buena.

—¿Por qué no tomas esas bayas y las pones en el refrigerador, y las prepararé más tarde?

—¿Con auténtica crema batida? —rogó Kyle .

—Por supuesto —dijo Sherri mientras el niño se dirigía a la puerta.

—Vamos a cenar pescado esta noche, Miles —le dijo Kyle al gran gato negro que se escabulló por la puerta cuando la abrió— y yo voy a atraparlos.

—No si no te apuras y guardas esas bayas —dijo Dylan para apurar a su nieto.

El gato se subió a la hamaca de un salto y comenzó a frotar su cabeza en el pecho de Sherri.

—Nunca debiste haberle puesto su maldito nombre a ese gato —gruñó Dylan.

Sherri había adoptado el robusto gatito negro después de despertarse una tarde y encontrar a Miles Tucker mirándola fijamente desde el sillón.

Dylan no se puso contento cuando ella lo trajo a casa. No era muy fanático de las mascotas y menos de los gatos.

Después de unas copas de vino, Sherri se había quebrado y le había contado a Dylan toda la historia sobre Molly, sobre las otras mujeres y sobre Miles Tucker.

Sin embargo, unas semanas más tarde, Dylan la había llevado a ella y a la madre de él al cementerio de la vieja ciudad donde las recibió un pastor y una persona de la ciudad.

El hombre llevaba un papel amarillento enrollado en su mano.

—Por lo que deduzco de este documento —dijo y agitó el papel—. La parcela de Tucker está aquí.

Los condujo a un lugar que había sido señalizado con pequeñas banderas rojas en cada esquina.

—La ciudad confía en que no construyas un cartel que señalice la tumba. Tememos que sea un faro para los grupos criminales y otros vándalos, y que atraiga a turistas malintencionados a Barrett.

Como si Barrett fuera un gran destino turístico.

—¿Nunca le hicieron un funeral apropiado? —preguntó Sherri mientras miraba fijamente el terreno cubierto de hierba.

—Aquí es donde la ciudad arrojaba a los indigentes, a los no reclamados y a los no deseados —explicó—. A ninguna de estas pobres almas se les dieron funerales, solo los arrojaban en un hoyo y los tapaban.

Sherri miró fijamente a través de la verde pradera que la rodeaba y se estremeció al ver los cuerpos fantasmales de hombres, mujeres y niños... empezaron a aparecer tantos niños.

—¿Cuántas personas están enterrados aquí? —preguntó horrorizada.

El hombre desenrolló el papel y lo examinó. Luego se encogió de hombros.

—Probablemente cientos a lo largo de las décadas.

—Oh, mi señor —jadeó, y sus ojos se llenaron de lágrimas — todas estas pobres almas están atrapadas aquí y no pueden cruzar.

Se desplomó sobre Dylan con angustia.

—No se preocupe, señora Roberts —dijo el pastor y le dio una palmadita en el hombro— Cuando haya realizado la ceremonia para enviar al señor Tucker a descansar, realizaré una ceremonia general para bendecir a todas las demás pobres almas de aquí.

—Gracias —susurró mientras miraba al mar de figuras fantasmales, de pie junto a sus tumbas.

De repente, Miles Tucker estaba de pie a su lado.

—¿Qué estás haciendo aquí, muñeca? —preguntó y le dio una palmada en el trasero.

—Te estoy enviando al otro lado, Miles —respondió ella.

—¿Está aquí? —preguntó tímidamente Marilyn Roberts quien estaba al lado de su hijo.

—Aquí mismo —dijo Sherri y señaló el lugar donde estaba Miles Tucker.

Marilyn se acercó con cautela.

—Espero que ardas en el infierno por lo que nos hiciste a mi madre y a mí, tío Miles, y por lo que le hiciste a esas pobres mujeres. La frágil mujer llena de canas volteó con lágrimas corriendo por sus mejillas maquilladas, retrocedió a trompicones, y cogió el brazo que le ofrecía su hijo.

—¿Mary Lyn? —preguntó Miles, mirando asombrado a la madre de Dylan.

Sherri asintió.

—Es la madre de Dylan —susurró Sherri— tu sobrina.

—No es mi sobrina —suspiró suavemente Miles, mirando a la anciana— es mi hija.

—Oh, mi Dios —exclamó Sherri, y levantó su mano cuando Miles volvió a abrir la boca—. No quiero oírlo.

—¿Qué? —susurró Dylan.

Sherri agitó la cabeza y sonrió al pastor.

—Sigamos con esto y enviemos a esta alma apenada a donde sea que tenga que ir.

El pastor dirigió una mirada a Sherri y luego a Dylan, quien asintió. El hombre pronunció una bendición, leyó un pasaje de la Biblia y luego les pidió a todos que inclinaran sus cabezas en oración.

Sherri observó cómo Miles comenzaba a desvanecerse. Se sorprendió cuando aparecieron Molly, Tilly y Maude.

—Hola, muñeca —dijo Molly alegremente y la saludó con un gran candado de hierro en su pequeña mano—. Estamos aquí para ver a Miles en su descanso eterno.

Por alguna razón, no le sorprendió ver a las mujeres acompañadas por pequeñas y oscuras figuras que llevaban una jaula de hierro que iba a contener al hombre solamente si estaba sentado con las rodillas dobladas tocándole la barbilla, en una incómoda posición.

Esa será una manera infernal de pasar la eternidad y si alguien merece un final así, es Miles Tucker.

El pastor entonces bendijo el cementerio entero y pronto, todas las almas solitarias fueron guiadas hacia la luz por la familia o los amigos que las esperaban. La mayoría fueron guiadas con alegría. Sin embargo, unos pocos, como Miles, se fueron escoltados por espíritus oscuros e implacables con jaulas.

Aquellas pobres almas desearán que el pastor nunca hubiera venido a liberarlas de este plano terrenal.

Sherri se sentó con el gato mientras esperaba que Kyle y Dylan regresaran del lago Barrett. Sus vidas habían sido buenas, y Sherri no podía quejarse.

Thomas Garrett, con el testimonio de Candi Clem, había sido declarado culpable de todos los cargos y condenado a veinte años de prisión en la cárcel estatal. Había apelado contra su sentencia y había perdido. Tom había sido apuñalado una noche y encontrado muerto en su celda a la mañana siguiente.

Candi había hecho un trato para testificar contra su esposo y él también había sido sentenciado a veinte años de prisión, en la misma en la que estaba Tom Garrett. Candi había ingresado en el programa de protección para testigos y llevado a su madre con ella cuando salió de Barrett con destino a lugares desconocidos.

La continuación de *Esperanza perdida* de Sherri, «Desesperado», contaba la historia de los personajes de Esperanza, Colorado, cuarenta años después de terminar la escuela secundaria y contaba cómo sus vidas habían cambiado o cómo seguían siendo las mismas. El libro se convirtió en un éxito en ventas y el canal CW lo eligió para una futura película o serie de televisión.

Karla Jean se volvió a casar, y su nuevo esposo quería mudarse a Alaska y vivir fuera de la sociedad con su nueva novia, solo con su nueva novia. Kyle se fue a vivir con su abuelo Dylan y su abuela Sherri, aunque sus abuelos en Mississippi no estaban muy contentos con ello.

Dylan compró la parte de su hermano de Renovaciones Realistas con la ayuda de un socio silencioso. Bobby se mudó a Las Vegas con el dinero que recibió. Sherri se hizo cargo de las tareas de oficina y ayudó con los detalles de estilo de las renovaciones. También tomó el control de la publicidad y aprovechó las ideas publicitarias de Navidad de Bobby. La compañía se había expandido y ahora tenía sucursales exitosas en tres estados.

La vida era buena y para Sherri, todo mejoraba cada vez más.

NOTAS

Capítulo 24

1. *Speakeasy bar* (en inglés): establecimiento ilícito que vendía bebidas alcohólicas. Estas tabernas clandestinas desaparecieron en gran parte después de que La Prohibición terminara en 1933.

AGRADECIMIENTOS

Primero me gustaría darles las gracias a mis lectores. No estaría aquí sin ustedes.

Gracias a la señora Sally Taylor, mi profesora de inglés de la escuela secundaria Benton Consolidated, quien me dijo que nunca olvidara la historia que escribí acerca de un sueño que tuve en el que una niña estaba enterrada en el piso de una casa vieja. Me dijo que sería un gran libro algún día. Escribirlo me llevó cuarenta años, señora Taylor, pero aquí está. Espero no decepcionarla. Gracias por ver algo en mí que pocos, incluida yo misma, vieron.

Hablando de la escuela secundaria, también me gustaría agradecer al señor Lou Ceci. Creo que usted vio algo también. Gracias por todo su apoyo a lo largo de los años.

Gracias a mi grupo en el Taller de Escritura de la ciudad de Phoenix. Ustedes leyeron algunos de los primeros capítulos de este libro y como siempre me ayudaron a ordenar los detalles.

Le agradezco a Tiffany Rock que leyó mi primer borrador de esta novela y señaló algunos serios problemas de continuidad. Este es el cuarto borrador. Gracias a todos.

Lightning Source UK Ltd.
Milton Keynes UK
UKHW020356100821
388593UK00009B/708/J